铁葫芦 | 文艺馆

铁葫芦

高晓松◎著

晓说 3

Morning Call

全球第一互联网脱口秀

北京联合出版公司
Beijing United Publishing Co.,Ltd.

目录
Contents

第一期
枪口下的美国

胡淑芬 点评

美国当然有很多负面的东西，只是很多大家看不到，或者说它们不像新闻经常能被报道出来。枪是经常会给美国生产负面新闻的因素之一，所以美国媒体非常乐于报道，大家关于枪也有很多讨论。下面说说我自己经历过的，在美国这些年跟枪有关的几件事儿。

Δ 美国负面的东西早就不是新闻啦，我们的媒体啥都知道，就你在美国待着孤陋寡闻的。

第一次有人拿枪对着我，是在联邦办公室。美国是这样的，归联邦管的事情挺少的，但那次是给我女儿拿护照，所以得去联邦。因为护照是美国国务院发的，不是各州发的，所以州权虽然大，护照还得是统一的。联邦那个楼我第一次去，不知道它三点钟就关门了（当然关门以后，里面还有一些人在排队，他们准备五点钟下班，三点钟就不放人进去了）。我到那儿的时候，大概过了一分钟，三点零一分。我一看关门了，就跑到出口那个地方，因为不是还得有人出嘛，我就从出口进去了。结果把我吓了一大跳，我刚从出口进去，马上有3个警察拿枪对着我。他们说举手！我说干吗，我给我女儿领护照，关门了。他们说你擅闯联邦机构，现在就可以击毙

Δ 我就老分不清导演跟恐怖分子，尤其是留了胡子的导演。我年轻的时候很想当导演，后来因为发育晚，胡子迟迟长不出来，只能眼看着这个理想离我而去了。从那以后，我就产生了一个情结，一看见大胡子就激动。9·11的时候我受到了极大的震撼，我看到电视上的塔利班，以为他们都是大导演。

你。美国自从9·11以后，反恐非常猛烈，原来的美国真没这样，警察没这么吓人，打那之后他们就特别谨慎。然后我赶紧把证件拿出来，**我说我真不是恐怖分子，恐怖分子也不能长成这样啊，Asian（亚洲人）怎么能是恐怖分子呢？**然后他们就说，那你出去，倒退着从出口走出去。

我特别害怕，我犯了擅闯联邦机构的罪行，他们当时真能开枪击毙我，我就退出去了。退出去以后，我说对不起对不起，走了走了。人家说不许走。我说为什么呀？他们说你到入口来（入口有一套安检设备），把包什么的都放进去，就跟机场一样。他们重新把那一整套安检设备打开，重新把入口的门打开，然后说你进去吧！哎！一分钟以前还要击毙我，但只要我守法，他们就把那个门专门为我再开一次。安检为我再开了一次，让我进去了。这3个警察，完全是人民公仆，我当时感动得眼泪都要掉下来了。但是真吓出我一身冷汗。所以大家一定要事先知道，到美国任何联邦机构去，千万不要犯我这种错误，一着急从出口进去了，一下子人家拿枪对着你，你要再敢摸一下兜，人家当时就能开枪。所以你得马上把手举起来，因为你手只要一往兜里伸，他们就能开枪击毙你。这是我第一次遇见枪。

第二次遇见别人拿枪指着我，是我夜里开车回家，有一位黑人兄弟抢了我一部 N95 手机。那个时候我就感觉到，枪这个玩意儿，真是挺可怕的一个东西，在美国随时随地都可能有人掏出枪来指着你。

第三件跟枪有关的事儿，是我正在家待着，突然“啪”一声枪响，吓我一跳，怎么回事？这声枪响之后，绝不超过一分钟，大批警车开到我家楼下，把我们吓坏了。警车来了七八辆，全都冲到楼下，堵满了。开始我还和我丈母娘、我老婆站在窗口看，然后警察拿着一个特别亮的手电筒，一晃我们，吓得我们赶紧蹲在那儿，趴在窗口。一看我们那个邻居，全家都给弄出来了，出来的人还挺多，都蹲在地上，抱着脑袋。然后警察厉声喝问，你是不是美国公民？我开始还不知道怎么回事，听见警察问话才明白。这家的前女婿要看孩子，不让进，然后前女婿就硬闯进去了，老丈人开枪打前女婿。当然了，没有真冲着他开枪，只是震慑了他一下。打这一枪之后，一分钟那七八辆警车就冲过来了。警察厉声问那前女婿，你是不是美国公民？他说我是。警察说那你背诵宪法某某条权利，然后说，既然你是美国公民，知不知道擅闯民宅，别人是有权开枪击毙你的——美国宪法规定，你必须先开一枪警告，或者你先用话语警告他，直接上来一枪打他，那是不行的——他说我知道，接着又说我来看孩子，如何如何，解释了半天。**我就觉得，人人有枪的国家也挺可怕的。**老丈人冲前女婿都能直接搂一枪，太吓人了。最后弄到半夜，人都带走了，带到警察局去了。

Δ 人人有生殖器的国家也没见满大街强奸案。有法，依法，没啥可怕。

第四次是我家里被偷了。被偷以后，我很愤怒。因为那时候我妈还没跟我住，我住的地方比我妈住的地方大，我妈趁我不在，用住的地方开 Party。美国大部分住宅都有和保安公司连着的警报器。我那儿的警报器特别全，有医疗的、报警的和火警的，都在一起。我妈也不知道碰着哪儿了，一杵杵到警报器上了，以为那是空调。

结果警报开始响，她又乱杵，杵了一分钟以后，警车来了，救护车也来了，救火车也来了。因为我妈把 3 个警报器全给杵了，结果人家都来了。我妈说对不起，根本没事儿，我正在开 Party，想开空调。而且我妈居然鲁莽之下，**一剪子把我那 3 个警报器的线全剪了**，因为她也找不到密码，不知道用什么密码关那个，就直接给剪了，导致我家没警报器了。**我家没警报器这件事儿不知道为什么被小偷得知了，我家就被偷了两次。**

后来给我家修空调的那位，他家里有好多枪。因为花几十块钱就能考一个枪证，**然后他天天鼓动我，说你弄两把枪，咱一块儿玩儿去吧，还能打猎**。我们住的那个市，报纸上专门登出来说，我们有个湿地公园，那个湿地公园里不知道是家养鸭子还是什么品种的鸭子混在一起，繁殖特快，跟那些野生动物争食，搞得一塌糊涂，鸟粪到处都是。你就可以打那个鸭子，没问题。

后来大伙儿都说买把枪吧，可以防个身，我真去买枪了。本来都和卖家谈好了，拿了一把价值 499 美元的枪，倍儿高兴。

Δ 剪刀手晓松妈啊！

Δ 好了，这事现在我们都知道了。

Δ 我总觉得，男人喜欢枪，潜意识里有点性意味。那支叫“性手枪”的乐队，不知道他们取名时有什么理论依据，但必须承认他们的艺术直觉非常好。男人握着手枪，感觉是自己性器的延伸，子弹上膛，自信满满，荷尔蒙超量分泌。

枪与性器关系的专业论述我没看到过，很多年前倒看到过另外一种说法：男人的汽车大小与性器大小成反比。这一理论让那些小车男士很受用，但卡车司机表示不同意。顺便说一句，我的车是一辆折叠自行车。

我老婆说，这把枪保证在咱俩吵架的时候，被我用来打死你，而不是用来打小偷的，说咱别买了。于是就没买。

Δ 比枪更可怕的是室友，比室友更可怕的是女室友，比女室友更可怕的是拿着枪的女室友。

虽然美国人人有持枪权利，但并不是人人都可以买枪。美国有 National Rifle Association（of America）（NRA） 协 会。有的翻译成“全国步枪协会”，有的翻译成“来复枪协会”。**我最喜欢的几个中文翻译词，最准确、音又准、意思又对的，就是“雷达”和“来复枪”**。Radar 翻译成“雷达”，正好把它的原理都解释出来了，就是电磁波达到了你那儿，这个翻译太好了。“来复枪” 也是，因为 Rifle 本意是膛线的意思，而那个枪栓就是来复、往复的，所以翻译成“来复枪”。

Δ 我最喜欢的英译中，排第一的是幽浮（UFO），音意俱佳。另外，像 Mini 译成迷你，Gestapo 译成盖世太保，都是佳作。反过来，一些中文翻译成英文，就令人啼笑皆非了，比如笔者的姓氏胡，就被翻译成 who，真是莫名其妙。都这样翻，我泱泱大国如何输出世界观。

这个协会是美国第一强大的民间协会。协会的主要成员在南部，包括在南部长大的布什总统，也是 NRA 的会员。在南部各州，像得州，你直接在集市上就可以卖枪。加州比较谨慎，加州有专门的枪店，得有执照才能卖枪。纽约州管得最紧，但是这事儿太可笑了，**美国禁枪最严的是纽约，犯罪率最高的也是纽约**。可见犯罪率和禁不禁枪没什么太大关系。瑞士也是

Δ 说起禁枪这事儿，记得 1988 年的时候都还不禁枪呢。下班后，我们一帮工友扛着气枪去山上打麻雀，找一小饭馆给加工了，喝点小酒，这都是记忆中的事了。

全民持枪的国家，持枪率非常高，和美国差不多。但瑞士是全世界最安全的国家，犯罪率最低。

南部和西部的人民是美国牛仔的重要来源，其实美国牛仔都在西部、西南部，以西南部的得州为主。**美国的牛仔精神，来自西部，尤其是西南部，那里枪支最普及，而且当地政府是持枪权最大的拥护者**。美国是一个尚武的民族，跟我们不一样。我们是一个文人民族，美国是一个横枪跃马的民族。美国甚至在历史上大迁徙的时候，有许多人跑到西部，那些 49ers[①] 去淘金的时候，都没有镖局，全是父亲、丈夫、儿子拿着枪保护家庭。枪在美国是一个强大的文化，以致里根总统被刺杀差点儿死了（幸亏打到右胸了，肺都打穿了，还打死了一名保镖），他都坚持不禁枪。而且他有一句名言说得特别好，他说“枪不杀人，人杀人”。除了里根总统这句名言以外，美国人还有一句更重要的话，也是我重点

Δ 美国的牛仔精神，催生滋养了一种电影类型——西部片。但不能说美国尚武，咱们就是文人民族，咱们也有西部片，只不过他们的西部片用枪，咱们的西部片用剑使刀。

① 49ers：49 人的意思不是指 49 个人，它是 1849 年涌入加州的淘金者的统称。马歇尔发现黄金后的第二年，即 1849 年，人们从世界各地涌到旧金山附近的内华达山脉附近，所以当时旧金山的淘金者被统称为 49ers。

要说的，就是权利问题。

美国人说，枪不是一种工具，枪是一种权利。你有枪，谁敢把你排着队往集中营送？

我个人是支持持枪权的，虽然美国总统有四位都是被枪打死的，但是美国始终也没真的禁枪。我觉得一个根本性的原因，是美国有权利的概念。就是说它好不好，不是由政府决定的。**放鞭炮虽然不好，可那是我们民族的传统，我们民族世世代代就得放鞭炮**。我们结婚不放鞭炮，就觉得这是假的，这婚就没正经结。我们过年没放鞭炮，这年就没过。西班牙奔牛节的时候，一堆人，好几万人跟着牛一块儿乱跑，甚至踩死过人，但那就是他们的传统。而持枪就是美国的传统，而且持枪好与不好，不能由政府来决定。

其实在美国，并不是人人都喜欢枪，没枪的人也有很多，虽然有两亿多支枪，但是有枪的人大概只占一半。喜欢枪的人有一堆枪，他喜欢收集枪，家里放好多枪。虽然并没有那么多的美国人喜欢枪，可是绝大多数美国人都反对禁枪。除了那些喜欢枪的人以外，更多的人是怎么想

Δ 晓松你到底是想说权利还是想说传统？我同意权利说，不同意传统说。

关于放鞭炮这事儿，我想说说民众之间的权利冲突问题。你有玩枪的权利，但别人有不吃枪子儿的权利，对吧。同理，你有放鞭炮的权利，别人有安静的权利，你吵着别人就是不对，你的权利无权建筑在剥夺他人权利的基础上。你是性生活爱好者，但不能说我性欲来了，我要强行插入，你这算强奸，你伤害到别人了。简单点说，你可以放鞭炮，但去郊区放，不吵着他人，也不污染空气。你看你为了不给我们添乱，跑到美国去放鞭炮，这点就很赞。

的呢？这叫两害相权取其轻，会有人拿枪杀人，当然汽车也会撞死人。但如果给政府开一个先例，违背美国的权利法案，那是不行的。美国《权利法案》第二条清楚地写道：纪律严明的民兵是保障自由州的安全所必需的，人民持有和携带武器的权利不可侵犯。这是宪法写的，美国人民有这个权利。

当然犯罪是另外一回事。我就说在合法的情况下，你突然要禁止我做一件事情，而这件事情还是民族的传统，那是绝对不行的。即使那些不持枪的人，也有这种想法：在这个国家，永远不能开这种先例。

在美国，政府起诉人民的案件有很多，但是赢的很少。其实在差不多的情况下，法官都不会判政府赢，法官的意思也是不愿意给政府开这个先例，就是不能让政府靠诉讼（美国司法是独立的，三权分立）剥夺人民的权利。除非人民的过错非常明显，那才判政府赢。我家附近原来有个脱衣舞厅，政府想让它搬走，因为有碍观瞻，不太文明。市政府就去起诉那个脱衣舞厅，诉讼了好几年也没赢，最后只能高价把那个地方买下来，才让人搬走。美国法律从各个方面考虑，都不愿意给政府太大的权力。

9·11以后，美国政府已经获得了过去200年都没有过的空前大的权力。9·11之前，政府权力小极了，什么事儿也不能干。在美国，警察是不能查人民身份证的，因此才会出现很多非法移民在那儿待着也没事儿。美国亚利桑那州2010年通过了一项法案。亚利桑那州跟墨西哥接壤的边境最长，有大量墨西哥移民过来，经济又不好，议会为了讨好人民，说那我们通过一项法案吧，以便能把这些墨西哥非法移民都辨别出来。亚利桑那州是唯一的警察可以在街上无缘无故查人民身份证的地区。结果这项法案一通过，哇，全美国都炸了。美国人民认为绝不能开这个先例，即使你是为了我不失业去把非法移民抓起来，但还是两害相权取其轻，我宁可失业，也不能让政府拥有这个权力——使我生活在恐惧中的权力。

美国人权中最重要的一条就是：我有免于生活在恐惧中的权利。我今天没带身份证出门，可能我把身份证落家了，或者我丢了，然后就被你抓起来了，这个太恐怖了。让美国人生活在恐惧中，他们是不干的。法案通过以后，去亚利桑那州的所有活动，旅行的、开会的、比赛的都被取消了，然后美国总统愤怒地谴责——美国总统没有权力管州的事儿，但他可以愤怒地谴责说：你们怎么能干出这种事儿！在全国人民愤怒的抗议声浪下，最终亚利桑那州又把这项法案给废除了。其实这完全是一项为亚利桑那州人民着想的法案，想把非法移民赶走，好让真正的美国公民有工作，一个出发点这么好的提议都受到愤怒谴责，那就更不要说禁枪这件事儿了。

你说非法移民不好，枪也会杀人，但是一旦出现政府有权力禁止这些事儿，美国人民的反弹是巨大的。所以禁枪这件事儿在美国，其实没什么可讨论的，就是每次出现血案的时候，大家拿出来说一说。像这一次又出现严重的枪击案，在电影《蝙蝠侠前传 3：黑暗骑士崛起》的首映礼上，奥巴马也只是谴责那个人冷血，但没有提一个关于枪的字。枪是美国文化，永远也禁不了的，就像鞭炮在中国是永远也禁不了的，虽然它确实有各种不好。不好也是人民的选择，不能由政府单方面决定。

因为“擅闯”联邦政府大楼
出口，差点被警察当场击毙。

令人感动的是，只要守法，一分钟以前还要
击毙我的警察把入口和安检专门为我打开了。

美国人说，枪不是一种工具，枪是一种权
利。你有枪，谁敢把你排着队往集中营送？

美国人民宁可失业，也不让政府拥有这样
的权力——使人民生活在恐惧中的权力。

所以禁枪这件事儿在美国，
其实没什么可讨论的。

胡淑芬 点评

第二期

无比强大的美国工会

大家可能觉得工会没什么事儿干，觉得最没事儿干的就是**工会干部**，在美国不是。美国工会应该说是形成美国社会最重要的基石之一，工会的强大仅次于三权分立的那三个权（立法权、行政权、司法权）。

Δ 我一直觉得“工会干部”是个很有喜感的词，整天没事干，装个老好人在厂里瞎转悠。

我最熟悉的两个美国工会是 WGA 和 DGA。WGA 即 Writers Guild of America，编剧工会；DGA 即 Directors Guild of America，导演工会。美国的工会权力非常大，最常见的就是罢工。WGA 和 DGA 差不多都是每 3 年或者 4 年就罢一次工，然后大家重签由工会罢工争取来的那份总协议，任何工会成员都不能再跟雇主签工会总协议之外的任何协议，比如 DGA 导演工会都签同样的协议，然后 WGA 编剧工会都签同样的协议，只是第一页里面的一个空（有关薪酬）大家不一样。

我在美国拍的第一部电影，也是我的第三部电影，包括第四部《大武生》，都是跟美国制片人合作的，那个合约就是 DGA 合约。大家都一样，只是第一页那个空里头，斯皮尔伯格比我多 4 个 0 而已，后边那几十页都一样。其实个人多数情况下也签不到比这个条件更好的了，因为这个是通过每隔几年罢一次工，奋勇争取到的权利，然后才签到的一份合约，利益已经相当有保障了。

当时因为在美国第一次有公司雇我拍电影，我根本没看那个协议，直接就签字了，去拍了。我想我一无所有，人家骗我什么呀？等拍了，我仔细看了那个协议，给我笑的，我说这协议，要翻译成中文，我们的资本家，电影公司，周扒皮一样的老板们，都能给气疯。这个协议就是DGA的总协议，着实把导演保护到家了。我这样你不能Fire（解雇），我那样你不能Fire，你得提前多长时间，给我这个，给我那个。最逗的是还有5条写的是如果我傻了，我得傻成什么样，他才能Fire我——我得傻成认不出演员是谁了这种程度。关于补拍也是，必须关机两周之内通知我，告诉我具体时间，补拍不能超过多少时间，如果超过两周要求导演补拍，立即就得重签新协议，然后如何如何，然后怎么分账，每演一场我怎么分，DVD卖一张多少钱，详细极了。我看了以后觉得，当资本家好可怜啊，被这帮人欺负。但是你不同意，他就罢工。

我经历过一次 WGA 的编剧罢工。所有的编剧（编剧工会有 12000 多人），大家投票说罢不罢工，永远能投出罢工的票，为什么呢？因为 12000 名编剧，只有 1000 多人有活儿干，剩下 10000 多人反正也没活儿干，在家待着呢，然后说罢工就罢工吧。你想想，这事儿很难的。因为演员罢工，大家还能理解，说这个我不演了，停下了，编剧罢工，怎么罢？我偷偷在家写一个 E-mail 给你不行吗？

美国人就这样，特别逗，美国能把一切都量化，一切都能做到。然后每个 Studio（主流电影公司）的每个门——当时我正好去 Warner Brothers（华纳兄弟电影）开会，都被把住了。12000 名编剧出动，人还不够，还换班，然后换班的时候，SAG（演员工会）还会有人来声援他们（演员当然想巴结巴结编剧了）。**任何 WGA 会员、工会会员在罢工期间，只要进电影公司的门就罚 10 万美元**。罚你 10 万美元，你就必须交，你要不交就被开除，你就上不了正经戏了。但是呢，你罢工，他发给你钱。这个工会是很有钱的，他收你收入的 3%，你想想那是多

Δ 把住门口就能杜绝写 E-mail？看来美国编剧还真是挺老实的。

少钱。好莱坞一年开那么多戏，然后你来我往的，大家挣的钱都得交工会3%，所以工会很有钱。

那一次WGA罢工，应该是2007年年底。这样算来，又该罢工了，因为日子又到了。2007年年底那次罢工，正好跨越圣诞节，所以WGA为了让大家过节能买圣诞树，能吃上一个大火鸡、一个鹅，给每个会员发了1250美元。我们可能觉得没什么，但对美国人来说，1250美元是很多的。**美国不像中国，很多人家里搁着好几十万存款，美国没什么人有存款，美国一个正常家庭，连3000美元可能都没有**。所以发1250美元，大家都觉得不可想象。其实是美国人觉得美国安全，干吗要存那么多钱，每个人都寅吃卯粮。美国人最爱干的事儿，就是最好不管我干什么你都借我钱。你借我钱买房子，借我钱买汽车，借我钱刷信用卡，反正我工资拿了都给你了，我也不管了。所以美国人没存款。

Δ 美国一个正常家庭，连3000美元都没有？这太不正常了吧？

通常你找美国人借3000块钱，他真没有，发1250美元这事儿，在美国实际上是很重要的，足够过一个圣诞节。所以工会强大到我不但能罚你款，我还能发你钱。好莱坞300万美元以上的戏都必须用工会会员，所以一旦被工会开除了，你就只能拍300万美元以下的小戏，300万美元以上的大戏，你都拍不了。包括外国来美拍戏的，譬如冯小刚导演去美国拍戏，带的剧组都不是美国工会会员，所以专门雇了律师，给美国各个工会写信，说明这个戏其实也不在美国放，这个戏为什么我们的摄影不是你们的，等等，恳请工会批准。然后工会才会回信说，由于你的情况特殊，我同意你不用工会会员。直接不用工会会员是违法的，谁也不敢被工会开除，被工会开除会失业的。

好莱坞还是很智慧的，他希望通过强力体制，将所有的东西都变成工业，而不是艺术家们在那儿瞎创作。可是他又怕僵化，他就想开一个口，让那种低成本的灵活性还存在，他就规定了300万美元这条界线。像李安拍的那两部电影，第一部是40万美元，第二部是60万美元，根本没人管。他雇的人都是他的家人，谁也不是工会的，然后道具都是从他们家搬出去的。工会会员比较僵化，工会会员必须8小时就走。用工会会员你可倒了霉了，导演还

△ 他们能这样，也是整个产业链足够发达，能支撑这种模式吧。在国内拍片，利润大概就是通过拼命压缩工期赚出来的。

在那儿特热情地说，下个镜头我要这么拍，一看哥们都收工回去了，没人理你。**人家工会的，来了8小时就要走。从出门就开始算，到回家，或者回到剧组所在地，一共8个钟头。**

其实美国工会跟我们有非常重大的关系。对啦！8小时工作制，就是美国工会帮我们争取到的。

17世纪时，美国工人们每天要工作14至16小时，有的甚至长达18小时，但工资却很低。1877年，美国工会组织了美国历史上第一次罢工，资本家害怕了，就制定了8小时工作制的法律。可根本没有人执行，工人愤怒了，1886年5月1日，美国工人举行了总罢工，35万工人上街游行，那时火车停运，商店停售，仓库关门。当时有一首非常流行的8小时之歌："我们要闻闻花香，我们要晒晒太阳，我们要争取8小时工作、8小时休息、8小时归自己。"唱得好。这下就实现8小时啦？哪有那么容易，资本家又是派人捣乱，又是武力镇压，又是把工人领袖判刑。美国各地工人都不干了，纷纷起来抗议。一个月以后，美国政府才宣布，彻底实施8小时工作制。

后来中国政府也采纳了这个制度，我们才能一天工作 8 小时啊！

实际上，保险公司更狠，美国整个 Bond，就是电影保险公司，绝不保雇了非工会会员的电影。雇非工会会员，说明你跟人单独签了一份雇佣协议，这份雇佣协议不是在保险公司见证下——工会和雇主协会，就是制片人协会——签的那份总协议，保险公司说我不敢保，因为我不知道你那份协议签的是什么。我只保工会总协议，工会总协议是在保险公司见证下签的，保险公司知道里面的条款，知道怎么保。比如汤姆·克鲁斯突然受伤了，我知道怎么保，因为协议里有，而且保险公司参与了这份总协议；如果是自个儿跟人家签了一份协议，又不是工会会员，保险公司说我哪知道你签的是什么。你签的掉一个脚趾头赔 1 亿美元，我不保。所以工会总协议第一条是，没有保险的电影我们不去。

当年周润发为什么没能演成《赤壁》，就因为周润发是演员工会的会员。《赤壁》最开始的时候，没有完全按照国际融资惯例，没有买 Bond，买 Bond 很贵的，要花很多钱。话说回来，就算你想保，人家还不一定给你保。人家可能觉得我跟这个制片人不是特熟，由于没 Bond，按照工会总协议，**他是不能去演的**。所以美国特逗，叫双轨夹住全行业，这边这轨叫工会，那边那轨叫保险，所有的保险公司说，不是工会的人我不保，必须所有的人都是工会的，整个 Crew（剧组）都是工会的，然后这是保险的第一条；工会总协议第一条：没保险的电影我不去。**这两个东西实际上是好莱坞最强的两个东西，它夹住了中间的什么八大电影公司，所有东西都被这个工会跟保险公司强制性地夹住了，所以工会权力非常大**。他就能罚你 10 万美元，你只要不交罚款，就把你开除，让你接不了活儿；300 万美元以下的小戏，你爱干什么干什么，它也不用买保险，也不用来自工会的人，这样你拍 20 小时也没事儿，因为小戏嘛。

Δ 我听过一个八卦：发哥演《铜雀台》之前，美国的相关公司来把中方电影公司查了个底儿掉，最后觉得这是家有实力的公司，各种运作符合规范，项目靠谱，风险可控，才同意发哥接下这活儿。

Δ 所以人家美国电影玩的是有轨道的高铁，中国电影玩的是满嘴跑火车。

WGA 的权力大到什么程度呢？美国最多的一个版权纠纷，就是电影界最多的版权纠纷，即你剽窃了我的故事，或者导演说我 On board（进组）之后，我改了一部分，为什么编剧署名里没有我呢？这不像在中国，只是争一个署名就算了，在美国你只要署名在那边，就可以去分那 2.5% 的票房。那可不是一般的钱，那是一笔大钱，票房、DVD、电视播出你都是可以分钱的。所以经常出现导演起诉编剧，或者起诉制片人，或者制片人起诉电影公司，制片人说，我作为 Producer（制片人），我出了很多主意啊，为什么这个编剧里没署我名？我应该既署 Producer（制作人）又署 Scriptwriter（编剧），我分两份钱不好吗？这个在中国很难量化，到底你说了哪句话，你那句占百分之多少，怎么给你署名？**可在美国，他能把这事儿给量化了。**

这量化怎么弄呢？美国的法院知识产权量裁，说你们好莱坞的这些事儿，我不能花人民纳税的钱去给你作判断，我授予工会这个权力。所以 WGA 有知识产权量裁权，这个量裁权是在工会的。这样的话，大家皆大欢喜，工会收了大家的钱，工会花钱来辨别，到底谁占 30% 以上。工会规定——这个不是法律规定，是工会规定的——必须占到剧本 30% 以上贡献的人才能署名 Scriptwriter（编剧），或者 Screenplay by（剧本是谁谁谁编的）。如果写 Written by，在好莱坞，就是故事跟剧

Δ 创意工作的量化是个难题，但这个难题解决了，就能很好地解决集体创作的问题。中国的编剧们开会，就跟吃大锅饭差不多。我就经常遇到这种情况，一群编剧一起开剧本会，大家都责权理不清，有时候说到关键点上，脑子里冒出一绝佳创意，我马上会想：哎，这么棒的点子干吗说给他们，说出来了我又多拿不了一分钱，搞不好连署名都没有。我自己留着不好吗？

本都是你写的，所以就叫 Written by；如果写 Scriptwriter，或者 Screenplay by，就是故事不是你写的，那前面一定有一栏写 Story by（原著）谁谁谁，或者是改编，Based on（根据）什么什么 Novel（小说）改编，你是编剧。甭管是 Written by，还是 Screenplay by，或者是 Scriptwriter，大家去看好莱坞电影，从来没有看到超过 3 个人在那上面署名。因为工会规定，必须超过 30% 的贡献才能署名，3 个 30% 就已经 90%，不可能署上第四个人的名字，**所以只要是好莱坞电影，它的编剧名字一定不会超过 3 个。**

Δ 编剧、导演的关系，有必要搞得跟夫妻关系一样紧张吗？我就遇到过这种事，给某电影公司写剧本，合同上写得清清楚楚，给我署名编剧，结果最后啥都没给我署。我一看，片子烂得够呛，也没跟他们打官司，还在心里暗暗送了他们一面锦旗，感谢他们不署之恩。

那工会怎么量裁呢？它会随机找 5 个编剧，大家一起看，然后投票评估。有时候电影里的一句话或者五句话，或者就是一个规定情境，就占到那电影的一半，因为那部电影最重要的可能就是那一句或五句话，或压根就是这个规定情境，比如有一个人早晨醒了发现这一天没过，永远就过这一天了，来来回回就是这一天。《土拨鼠日》这部电影，其实第一页纸就已经占到这部电影的 90%，因为这个规定情境是电影最重要的，并不是写的字多，光写了一堆"我爱你"就可以的，那不行，你得作出贡献，可是这个机器是不能判断的，都是由编剧判断的。找5个不相干的编剧，大家做了这么多年编剧，心里都能明白谁作的贡献大，然后5个编剧在那儿看，最后投票，说我们觉得导演提出这几个改动，确实占到这个电影的30%了，那导演赢了，把这个拿去给法庭，法庭直接就判。

法庭不花人民一分钱去找一堆人、陪审团看剧本去，而且看的不是一个剧本，看的是多次的会议记录，以及多次的修改稿。因为好莱坞没有一个剧本是不Develop（开发）过3年以上的，它必须准备了3年以上才能开机，所以它中间会有无数稿，**我那个《大武生》就在那儿被他们弄了31稿，**我的天哪，疯了，那么多稿要看，所以皆大欢喜，法庭也不花纳税人钱，然后你工会有钱，你就雇5个人去弄，弄完了交给法庭，法庭直接就判。所以WGA其实是美国的作者，包括文学作者，注册的最重要的一个地方，反正最重要的由它量裁，那就在它那儿注册算了。

在美国是这样的，保护自己的版权有三个办法，一个是直接到国家版权局去注

Δ 好莱坞所有的剧本都得开发3年以上才能开机，这是一种健康的、职业的状态。

参加剧本讨论会，非常讨厌听到一种说法：这本子（题材）过时了。仿佛电影也有流行趋势。说白了，他们脑子里装的就是"跟风"二字。人家三四年打磨出一精品，你用半年时间跟一个出来，能好吗？如果你花同样时间，那不又该过时了吗？如果肯花同样多的时间打磨一部精品，还用去跟风吗？《疯狂的石头》火，跟；《失恋33天》火，跟；《泰囧》火，跟。一群跟风吃屁的二货投资人，活该赔死。

册，那个很慢很慢很慢，注册大概要好几个月，或者半年，我都没试过，因为我刚要试，人家说你就上 WGA 注册。WGA 可以网上注册，只要有 PDF 文件，然后交 20 美元就行了。在 WGA 注册，它就会完全保护你，而且是在全球范围内保护你的版权。我在国内写的东西，现在也会去 WGA 交 20 美元以保护版权。大家也可以。**那个网站特别简单，就是** www.wga.org，现在在我的带动下，一堆国内朋友也都在那儿注册，那是在全球保护知识产权的一个重要组织。

Δ 国内也有著作权登记中心，我有几个剧本也去登记了，不过收费比 20 美元要高。

美国特别逗，你要连 20 美元都不想交，**还可以把你写的东西寄给你自己，但是不要拆封，它上面有一个邮戳，就证明你是这一天写的，**因为最多的诉讼是剽窃。西方规定，即使你没真的剽窃，你没看过他写的东西，但是你雷同也不行，判决特简单，判先注册的赢，后注册的输，哪怕你先注册两个小时，他后注册两个小时，你一起诉就赢。就跟专利一样，两个人同时发明出来了，其实这个人并不认识那个人，也没剽窃，但是就想一块去了，怎么办？没办法，对不起，专利只能谁先申请的归谁，

Δ E-mail 可以算呈堂证供吗？抄送自己一份，我现在发各种剧本邮件都这么干。有一点要提醒编剧朋友，寄剧本一定要按合同注明的方式。我有次给一公司写剧本，直接把剧本发 E-mail 给他们了。后来该公司跟我扯皮，说合同上注明的交剧本方式是通过邮局邮寄，说我没按期按合同交剧本，要扣我钱。我一点脾气都没有。

你晚申请了就不行。所以WGA那个注册日期是非常重要的，你起诉他的时候，只要说我比他注册得早，它不管你到底是不是有主观剽窃的愿望，只要大家雷同，谁在先谁就赢了。最省钱的办法，就是把它寄出去，寄给自己，自己收到了以后千万别开封，那邮戳一直就在那上头搁着，直到法庭诉讼那一天，把这个拿到法庭，由法庭拆封，证明你是在那天写的东西。

在好莱坞必需的条件、必要的条件，就是必须用工会的人，美国最强大的工会还有卡车司机工会。去过美国你就知道，美国街上跑的大卡车太多了，带着自己的厕所、房子在街上跑。**卡车司机是一种非常有意思的职业，很有吸引力。**美国有好多年轻的女学生，大学毕业以后（美国人生活得不像我们这么紧张，说赶快买房子，他们不会这样），要找一个卡车司机当男朋友，为什么？她说我免费就能跑全国。美国的卡车带住的，就是车顶上钻进去是一个卧室，后面还带卫生间，都是那种大车头，然后开得倍儿快。在美国，卡车不堵，开得最快。

Δ 播个小笑话，一个美国姑娘的理想是找一卡车司机当男朋友，后来，她找过好多男朋友，全是司机，找了一卡车的司机当男朋友。

卡车司机工会、汽车工人工会无比强

大，汽车工人工会已经强大到都快成美国三大汽车公司的大股东了，因为这些公司欠工会的钱太多了。资本家欠了工会一屁股债，最后没办法，说债转股吧，由于工会强大，工人都成老板了，快成全民所有制企业了。工会成了大企业的股东，在有的汽车公司还是大股东。这个工会太强大了，在美国，只要工会一怒，老板就屈服，偶尔也有叫板的时候，NBA 确实跟球员工会叫过板，就是你不减工资，我就不行，那就来斗斗吧。最后没见到哪个资本家不屈服；不屈服的，说我跳楼，我就不同意，你罢工吧，你罢工我倒闭，我不干了。

罢工就是为了加薪吗？不是，理由各式各样，比如有一年加拿大公交车司机罢工，就因为油价涨了，票价也涨了。票价涨了，应该是乘客罢乘才对呀！结果不是，乘客不愿意多付钱，就欺负司机和售票员，什么拿弹弓打司机头啦，椅子上放图钉啦，给售票员后背贴纸条啦，最后司机和售票员说，不忍了，罢工。

时尚之都意大利米兰，有 3 位顶级名模集体罢工，理由是鞋跟太高。鞋跟 25.5 厘米，不罢工就工伤啊！

驻法国的一家英国公司，有183名工人罢工，因为老板不会说法语。可能你会说，那还不好，老板骂人都听不懂，可你要说老板我要加薪，老板听成：什么？你要嫁人？你不郁闷才怪！法国工人最爱罢工了，理由五花八门。比如美国人打伊拉克啦，街上某个建筑要被拆啦，某个餐馆要被关啦，都得去罢工。游行队伍里，说笑的说笑，抽烟的抽烟，遛狗的遛狗。这到底是罢工还是圣诞节大游行啊？法国人的习惯就这样，他们还有一句顺口溜：春天工作，夏天度假，秋天罢工，冬天过节。我是春天加班，夏天加班，秋天加班，冬天加班。因为有工会，所以在美国要Fire掉一个人都是很难的。

往返中美，我都不爱坐美联航，为什么？因为美联航的空奶奶（空姐）那得喊，还特胖，哪个通道都被占满了，而且你按死了那个铃她也不来，死活不来。你坐的是商务舱都不行，你按按按她也不来，按了半天终于来了，还说：**你按什么呀？我有空不早来了吗？**你有什么事儿？没办法，因为空姐是有工会的，你要是敢说人家二十几岁青春一过，就要被Fire了，那工

Δ 都没空，你叫什么空姐？

会立刻就罢工，连飞行员都跟着一块儿罢工，因为飞行员老婆没准就是空姐。所以最后在工会强大的压力下，必须得用到法定退休年龄；所以空姐最后胖成那样，脾气还特大。因此，我从来不坐美联航，我就坐我们的国航。我们的国航永远都是年轻的空姐、空少什么的，还是我们国家的航空公司好，年轻美貌的就当空姐，稍微一老……我也不知道稍微一老她们干吗去了，有机会问问人家空姐。

实际上，工会不像大家想的那么简单。只会罢工没有选票的工会，是没有用的。为什么？如果只会罢工，就只能在经济 Booming（蓬勃发展）的时候管用，因为那个时候缺劳动力，你说我罢工，资本家害怕。Financial Crisis（金融危机）的时候呢？你别罢工，因为人家正想 Fire 你呢，心里肯定还在感谢你为他们减轻负担。工会在西方国家发挥的作用很大，为什么呢？因为在西方国家里，资本家有钞票，工会有选票。在任何一个西方国家里，不可能因为资本家有钱，选总统他就可以投 10 票。不可能按钱投，说我比尔·盖茨可以投 1 万票，你只能投 1 票，所以你只是1票。可不要忘了，人家所在的那个工会可能投出2万票。所以想当总统，想当议员的人是怕资本家还是怕工会呢？当然是怕工会了。工会一下子就好几百万票、上千万票，资本家全加一块儿，全美国，富豪400人，也就400票。谁敢不支持工会的主张，谁敢不支持工会的利益，我就不选谁。我不选你，你就当不了总统，当不了议员，所以你必须支持工会，必须保护工会的利益。

当然了，美国工会的头——主席，都是那种合纵连横、手段特别高超的政治精英，而且是明星。美国工会的主席都是政治明星，而且知名度也很高，还能当州长，当总统。里根就是演员工会的主席，然后在里根任职期间，演员工会空前强大。里根后来成了加州州长，最后还当了美国总统。所以工会是锻炼一个人的组织能力、攒人品能力、斗争能力、谈判能力、积攒政治智慧能力的重要一环。美国大量想当政治家的人，都会先去工会干，只要在工会里干好了，就是一个政治明星。还有，工会募集资金助选的能力是空前强大的，甚至总统竞选，尤其是民主党总统竞选的资金，差不多三分之一都是工会给的。在传统上，大部分工会在竞选的时候，都会投给民主党，然后给民主党募集资金。当然里根是从工会出来的，然后成了共和党的总统。美国的工会由于手里的选票太多，左右政治能力过强，导致资本家跟孙子似的，经常在工会面前被欺负得要死。欧美的工会还经常做一些很过分的事儿，比如大家都经历过 NBA 球员工会不比赛，使我们这些球迷看不成球。我花了四十七块九毛九，订了个电视套餐，因为 NBA 的季前赛不在公共电视网播，是要花钱看的，结果它罢工了。

工会在美国是政治生活，跟人民的生活是极密切相关的。那边有三权分立，另外还有一个很大的权力就是工会。工会绝不可能只靠罢工跟资本家斗争，必须靠你有钞票、我有选票这样的制衡来左右政治家，让他们保护工会。

看了导演工会的合约后，觉得资本家好可怜，
就被这帮人给欺负，你不同意他就罢工。

17世纪，美国工人们每天要工作14至16小时，
是工会组织罢工，最后争取到了8小时工作制。

工会和电影保险制度互为前提，制约了
好莱坞的电影公司，保障了劳方权益。

有的美联航空姐不能叫空姐，得叫空奶，
因为空姐也有工会，谁敢嫌人岁数大？

在民主国家，资本家有钞票，工会有选票。
有千万选票在，哪个候选人敢小看工会？

文冤阁大学士 点评

第三期 海上霸主航母（上）

2012年9月25日，中国第一艘航空母舰“辽宁”号（即苏联的“瓦格良”号）即将远航了，作为一个资深军迷，真是非常振奋呐！从小因为家里有两位专家，一位是空气动力学专家，一位是壳体力学专家，所以家里经常会收到大量的军事杂志，我也由此了解了很多航空知识、舰船知识。那么多军事杂志，从小就只有我一个人在看，从《航空知识》封面还是华主席那会儿开始。长大后，自己又订阅了很多军事杂志，到后来出国后，全世界重要的武器展、航空展等，也几乎都亲自去看了，因此还认识了很多中国军工企业的领导，因为在各种航空展以及武器展上经常遇到。我自己还先后在圣地亚哥等4个地方上过4艘**航母**，仔细地看过，也跟人聊过。

△ 发现没，“航空母舰”这种说法很有趣。英文 Aircraft Carrier 里并没有“母”的意象，（或许是通过日语）到了汉语里，愣是变了出来。母亲是个多么慈祥的概念啊，而兵者，杀器也。哪有亲娘这么威猛的呀！只有晚娘打骂，才下得去狠手。所以，应该叫“航空后母舰”！

像我这种军事迷，等待中国的好飞机、好坦克、好军舰已经很多年了。坦克等来了，99式（中国人民解放军最先进的主战坦克，2009年在国庆60周年阅兵式上首次出现），现在算是世界一流的；飞机等来了，歼-10（战斗机，能够执行空战和轰炸任务，1998年首飞，2004年定型服役），虽然比同代的西方飞机**晚了那么十几年**，但是终于也

△ 亲，古代军事，兵贵神速，现代军事，决胜瞬息，这个真的有点晚不起啊！

有了。急起直追的歼-20，也让人很振奋，虽然我个人不太认为歼-20是一款要大量生产装备部队的战斗机，**因为它有点儿大，**跟发动机匹配起来，不太像是要做现役主流战斗机的样子，但是至少迈进了一大步，在向新一代的战机奋起直追。

△我觉得你有点儿大，too！咱减减肥，还不成吗？

不过欢呼归欢呼，也需要冷静地看一些问题。比如说，“辽宁”号在新闻里被写得很智慧，没有写服役，用的是“入列”这个词，入列跟服役其实还有很大距离。入列嘛，就是加入了队列，可以检阅了，可以航行了。即使是像美国、英国、法国这种有多年操作航母的经验，有经验丰富的舰长，有经验丰富的部队，有经验丰富的舰载飞行员和指挥官的情况下，一艘航母从装完到正式服役（一般的国家没有入列这个程序），通常最起码也需要两年。而一个从海军到海军航空兵都没有丰富经验的国家，要从第一艘航母开始去熟练地操作它，正常估计也需要五六年到七八年，如果中间再出现问题，**那有个十年也不是什么奇怪的事情**。所以这艘“辽宁”号航母，从这个入列到最终形成战斗力，还得等一段时间。

△凡是开出来，一定要能打；凡是打起来，一定要能赢。

再说，航母上的海军航空飞行员的素质是要远远超过空军飞行员的。因为在大海中间，“辽宁”号若在还不稳，还在晃动的情况下，降在一个非常狭小的地方，需要下面下来一个钩子，就是海军的航空母舰飞机屁股上的一个着舰钩。这个钩子下来以后，要钩住舰上的四道索。要是钩不住第一道，就钩第二道，要不然就钩第三道、第四道，如果四道索都没钩住，就只能撞在前面那道阻拦网上停下来。这个相当于骑着马跑得飞快的时候，突然从地上捡起一个东西来。而且飞机可比马快多了，要以两三百公里的时速向下降，用钩子钩住一根绳子，还不像一般机场有那么长的跑道可以降落——早降 20 米，晚着地 20 米都没关系——忽然间降下来了，要非常准确地用尾巴上那个钩子钩住那个索，钩不住的话要复飞。只有**非常强的飞行员**能够拉起来立即复飞，但是前面还有一道拦阻网。如果是新手，或者实在是因为降得太低，没办法拉起来复飞，就只能直接撞在阻拦网上停下来。

体积有多大，危险就有多大，航母战斗力强，弱点也不少。第一个弱点是怕火。航母上的油舱、弹药舱，都是一碰就着

Δ 美国西北航空当年的广告词多牛掰：“有些人飞得很在行。”——后来被达美航空吞并了。

Δ 没错。对当代社会来说，航母不足惧，病毒才可怕。

Δ 我想到了日本海军大将山本五十六和蓝胖子。

的危险地带，所以航母上严禁抽烟。第二个弱点是太高调。一个航母编队最少有七八艘各项舰艇，多的有十几艘，根本就没有什么隐私，**偷袭都可以说易如反掌**。第三个弱点是随风倒。航空母舰本身在12级风浪的海况下也能航行，可起降飞机就危险了，所以美国海军规定，必须在6级风浪以下才能起降飞机，其实这也不用规定，大风大浪的，谁拿命开玩笑啊！第四个弱点是食量大。航空母舰编队的物资消耗量大，什么弹药啊、燃料啊，都特别费，平均每四天就要补给一次，补给的时候速度慢，而且船离得太近,非常容易受到攻击。知道了这些，至少可以让我们在战略上藐视一下西方列强的航母编队了。

航空母舰的脆弱，其实显而易见。有时两颗炸弹就可以击沉航空母舰。因为甲板上在战时会堆满炸弹、鱼雷等，飞机上要挂的那些武器，都加满了油，一颗炸弹下去，可不就炸没了。当然航空母舰的内部弹药库是有装甲保护的，但是弹药不能永远在内部，总要升上来，拿到甲板上，再装到飞机翅膀上，然后准备去战斗。这个时候挨一颗炸弹，或者一架飞机降错了，撞上来，那等于几十上百吨的弹药炸弹爆炸。

中途岛战役的时候，日本那4**艘航母**是世界上最强大的大型航母，但是因为情报问题，一开始觉得没有美国航母舰队出现，而且美国航母舰队也只有3艘，没有日本强，可就在挂满炸弹准备去轰炸中途岛时，美国航母出现了。美国航母一出现，日本飞机立即又要把炸弹卸下来，然后装上鱼雷（那个时候没有导弹，航空母舰对航空母舰要用鱼雷、鱼雷机，就是飞机上挂着鱼雷，飞到离航母很近的地方，将鱼雷抛到水里去打对方的军舰），结果卸下来的炸弹都放在甲板上，然后又运来很多鱼雷往上挂。这个时候美军的鱼雷机虽然已经被日本护航的战斗机全部给击落了，但是美军高空中还有俯冲轰炸机。这边低空刚击落了所有鱼雷机，**高空中却下来俯冲轰炸机，**区区几颗炸弹就炸中了日本航空母舰，由于航空母舰舰面上堆满了原本要去轰炸陆地目标的炸弹，同时又挂上了具有很强爆炸力的鱼雷（鱼雷的弹头也是一颗炸弹），一下子引爆了甲板上的所有

Δ 加贺，赤城，飞龙，苍龙。

Δ 报应，珍珠港的报应。日本人当年要诡计，想一击必胜，打美国人个措手不及，中途岛人家以彼之道还施彼身。当年一意孤行要惹毛美国的日本有关部门，都是猪一样的队友。

炸弹和鱼雷，**那4艘航母有3艘迅速就沉没了，最后1艘后来也被打沉了。**

△苍龙、加贺先后沉没，飞龙、赤城是日军自己用驱逐舰发射鱼雷击沉的。

在陆地上降落的飞机，最多屁股上扔出一个降落伞，就这么减速，或者有的飞机是抬起减速板，减速板也会让飞机慢下来，当然都远远没有被一道拦阻索钩住了以后，在几十米内一下子就停住了管用。但人的承受力是有限的。你需要在几十米内，从几百公里的时速一下子变成零。当时飞行员要承受这个重力加速度，相当于这个人一下子就变成九倍于自己的重量。**正常的飞行员都承受不了，**一下子就晕过去了。虽然有代偿服，会给腿上一些压力，然后把血再供回来，但那也需要飞行员有非常强健的体魄和非常扎实的训练基础，才能适应在这么短的时间内减速。

△我连过山车都承受不了。

我们的航母采用的是小型、中型航母的一种起飞方法，叫作**滑跃起飞**，这种航母舰头是翘起来的，没有弹射器。弹射器技术非常非常复杂，全世界能掌握弹射器技术的，大概只有美国，尤其是现代重型飞机。英国原来也能掌握，但是重型航母的弹射器技术只有美国能掌握。**英国20世纪70年代有过1艘大的“皇家方舟”号——**

△英文叫Ski-jump Launch，和滑雪一个道理。

不是那个小的“皇家方舟”号，弹射器都是美国进口的。

Δ 曾几何时，英吉利号称 The Mistress of The Seas（所有大海的唯一女主人），如今宝座拱手让与美利坚。时邪？势邪？科技邪？

弹射起飞，就是航母上带了个大弹弓。学名叫蒸汽弹射器，能把飞机弹出去，用这种办法加速非常快，几十米就能满载起飞。满载就是能装满油和弹药。我们中国的航母只能滑跃起飞。所谓滑跃起飞，就是全靠飞机的动力起飞。滑跃起飞最大的缺点是没有弹射器那么大的加速度，所以不能重载起飞，换句话说，你装满了炸弹就装不满油，装满了油就装不满炸弹，油、炸弹，炸弹、油，你自己挑一个吧！

海军是我们三军里比较落后的，虽然一直都有发展，但发展得比较缓慢，最近十几年还是有一些起色的，先后有了几款比较新的驱逐舰下水，但即使是最新的052C，就是装备了相控阵雷达的170、171这两艘，排水量也才只有6000多吨。

中国海军史上最大的两艘军舰，是北洋水师的两艘主力舰——“镇远”号和“定远”号，达到7000多吨，当时就是亚洲最大的军舰，也是最强的军舰。但在甲午海战中，不但打了败仗，最后还被围歼在刘公岛，然后北洋水师全军覆没，**“镇远”**

Δ 为什么我想起小山智丽？

号还被日本给俘虏了，而后参加了日本联合舰队（仍沿用原名“镇远”），并且在著名的日俄战争对马海战中代表日本舰队出场了，不过那已经是10年后。那个年代跟今天不一样，今天10年舰龄的军舰是没有问题的，上战场还是很新的军舰。那个年代由于是海军的黄金年代，在全世界的造舰狂潮中，10年舰龄的军舰已经算很落后了，所以“镇远”号到了对马海战时期，是日本联合舰队里最差的军舰。但在甲午海战的时候，是远超日本军舰的，是亚洲最强的军舰。甲午海战其实并不是因为落后而挨打，是因为腐败而挨打。因为北洋水师无论从军舰还是装备，从各方面讲，都是强于日本舰队的，但由于整个国家的腐败，最后内部的斗争变成了主要斗争，在各种各样的内部消耗下，最后北洋水师大败，致使“镇远”号最后变成了日军军舰。

如果纯以航母论的话，这次入列的“辽宁”号，是除了美国最大的。美国20世纪50年代的航母就已经达到了60000 ~ 70000吨，这是50年前了，后来的航母就达到了70000 ~ 80000吨，再后来达到了100000吨；

美军现役的航母全部都是80000吨、100000吨核动力的超级航母，而且数量非常多，不但现役的10艘核动力非常强，已经退役的七八艘航母也都比“辽宁”号强。

我们的“辽宁”号，是苏联的一级航母，只造了两艘，一艘是俄罗斯现役的航母**“库兹涅佐夫”号**，一艘就是**“瓦良格”号，**当时因为没造完，苏联就解体了，没钱造，然后想卖又没人买，航母很贵的，少说几十亿美元。最后在没人买的情况下，被我们以极为智慧的方式（当废钢铁），花了几千万美元买了。当然了，**人家也是按废钢铁卖的，人家把内部的武器系统、电子系统、通信系统，所有系统都炸掉了，把发动机卸掉了，**就是当废钢铁卖的。然后我们出动了大批拖船，拖着这艘60000多吨的大空壳，拖了好几个月，最后拖到了大连。然后经过这么多年的改造，重新在里面装上了发动机，装上了我们自己产的雷达。那个雷达就跟052C驱逐舰的雷达差不多，大概是稍微放大了一点儿，那种相控阵的雷达。但其他的还是保留了“瓦良格”号的所有功能。英国现在在建的“伊丽莎白女王”级，接近“辽宁”号的吨位，

Δ 曾先后叫“里加”号、“勃列日涅夫”号、“第比利斯”号，1990年10月才叫这名，纪念苏联海军元帅。

Δ 为纪念俄国的“镇远”号：日俄战争中沉没的“瓦良格”号。

Δ 跟日本人一样狠呐！

但还是没有“辽宁”号大。当然了，我们跟美国的超级航母有一点是不能比的，就是载机量比较少，虽然有60000多吨，但是只能载20 ~ 30架飞机。美军50多年前的航母“弗莱斯特”级，小鹰级，大概都能载到80架以上，在战事最多的时候，甚至可以载100 ~ 120架。

我一直想，“辽宁”号这艘军舰，是不是应该叫“定远”号或者“镇远”号？因为各国的海军，尤其是有海军传统的国家，舰名是一直沿用下来的，**就是一代一代军舰淘汰了，舰名还是保留的，给下一代军舰用。**日本、美国、英国，都是这样，比如英国先后有5艘航空母舰以“皇家方舟”命名，最有名的当属第二次世界大战初期，击沉德国大战列舰“俾斯麦”号的那艘“皇家方舟”号。美国就更不用说了。美国除了纪念人的一些军舰起了新名字，比如纪念一些总统的“里根”号、“布什”号、“福特”号、“艾森豪威尔”号，还有纪念一些将领的，比如**“尼米兹”号**等之外，也是沿用传统舰名的。因为军队是有传统的，就是令海军曾经光荣的那些舰名，是要流传下来的。

Δ 名号很要紧。据老银行家资耀华的回忆录记载，1949年后，在他的努力和坚持下，“中国银行”的名号保留了下来，那么多海外分行和资金也就都拿了过来。孔子说“名正言顺”，真不是在卖拐啊！

Δ 据说是唯一一艘不以前总统姓名命名的美国航母。

北洋水师作为当时全亚洲最强大的舰队，是中国唯一在亚洲称雄的舰队。1894年后，中国再也没有一支在亚洲称雄过的舰队。**当时中国国力亚洲最强，**在世界都排名前列，国民生产总值很高，每年的政府收入十倍于日本。甲午战争的时候，日本每年的政府收入是几百万两银子，我们是几千万两银子。去德国、英国买1艘像“定远”号、“镇远”号这样的大型铁甲舰，才120万两银子。当时日本为了能买军舰跟北洋舰队抗衡，做到了数万女子下南洋卖淫捐钱给国家造军舰这种地步，然后从天皇的皇后开始不做衣服，全国人民勒紧裤腰带造军舰、买军舰，硬是要跟北洋水师拼。相比之下，那时清廷内部的腐败可谓明目张胆。慈禧太后修颐和园也好，过生日也好，一不留神就花掉几百万两银子，两个北洋舰队眨眼间没了。除了“定远”号、“镇远”号，还有民族英雄邓世昌指挥的那艘准备撞沉“吉野”号的“致远”号，还有后来的“经远”号、“来远”号等。

Δ 朱维铮教授一系列论近代史的书里，就质疑过“落后就要挨打”这个著名论断。中国当时根本不落后，还是挨打，为何？

军舰既然这么烧钱，那以其武装的海军究竟是用来干吗的呢？最近网上特别流行一句老话：犯强汉者，虽远必诛。海军

△ 当时的中国，已经不能保护所谓的藩邦属国，更何谈“镇远”“定远”？朝政腐败成那样，还谈“远”啊“远”的，这些军舰才是真正的“企业”号。

△ 风格和咱“定远”“镇远”完全两样啊，太小清新，太卡哇伊了。

就是去远方维护国家利益的，所以舰名都叫**什么远什么远**。当时虽然是腐败的封建王朝，这些舰名还是很好听的，而且对海军的定位也很准，这些军舰也曾英勇战斗过。在东亚民族里，用人名做舰名的以前都不多，有名的也就那么几个，譬如韩国的军舰，尤其是韩国最先进的军舰，是用以前的民族英雄、海军将领的名字命名的，像“李舜臣”号、“广开土大王”号等。日本的军舰始终都是那些名字，今天看日本的宙斯盾，或者日本现在的驱逐舰、护卫舰叫的名字，如果大家熟悉战争史，就知道这些名字经常出现在书里，因为这些名字从甲午战争、对马海战、第二次世界大战等多次战争中不停地出现在一代又一代的军舰上。比如“鸟海”号、“金刚”号、“筑摩”号等，这些都是日本传统的舰名。虽然今天的日本海军已经没有了（变成海上自卫队了），但是依然在沿用这些舰名，包括新下水的，日本自制的迷你宙斯盾，叫什么**“秋月”级**。什么月什么月，在第二次世界大战的时候是日本大批驱逐舰的名字，沿用至今，以保持一个传统。

当然我们要说这是军国主义传统，是

不好的。同样的传统，放在英国海军、美国海军，你就不能叫它是军国主义传统，只是对海军历史的尊重，也是对海军光荣战斗史的尊重，是对海军有荣誉感。一艘军舰虽然是新下水的，但沿用了之前的舰名后，它也就有了自己的历史，每一艘军舰都有自己光荣的足迹，得过什么勋章，等等。后世的资料中就会陈列出这艘军舰的前身以及它前身的前身，曾经参加过多少次光荣的海战，得过多少枚勋章等，都会在这个军舰的战史馆里展出，因为这个军舰的名字代表了很多次英勇的战斗，以及它的历史。

关于起名的原则，基本上是大一点的军舰用城市名字。我们的军队有个光荣传统，就是军地双拥。海军的一艘军舰起了个城市的名字，就跟这个城市结下了不解之缘，比如“石家庄”号，石家庄人民、石家庄政府对海军的“石家庄”号的双拥会做得很温暖。美国的核潜艇是以各个州的名字命名的,我们这一次命名“辽宁”号，当然大家都能理解，因为“瓦良格”号就在辽宁，就停在那儿，在大连改装的，所以叫**“辽宁”号**。虽然我们没能让“定远”“镇

Δ 其实，“辽宁”还有一层意思。“辽”就是“远”，“辽宁”就是“使远方宁静”。这一点上，能继承“镇远”“定远”的传统。

远”“经远”“来远”“致远”这些光荣的军舰名字流传到今天，但是今天军舰的名字，希望它们能一代一代地传下去，也希望有一天中国的军舰能够通过名字来纪念我们历史上优秀的海军将领，就像美国的“尼米兹”号、**“卡尔文森”号**一样，这种舰名也会出现，凸显我们对人的更加尊重。

Δ Carl Vinson，不是将领，是政治家，当了50年代表佐治亚州的众议院民主党议员，做过海军事务委员会主席，对美国海军、海军陆战队贡献卓著，被誉为“大西洋、太平洋海军之父”。

一个航母编队最少有七八艘各种舰艇，多了有十几艘，根本就没有什么隐私。

航空母舰貌似无敌，却是个很脆弱的东西，战时，有时候两颗炸弹就可以击沉它。

中途岛海战时，日本战机挂满炸弹准备去轰炸中途岛，突然发现美国航母，日本飞机立即要把炸弹卸下准备装鱼雷，堆满机库的炸弹最终酿成了悲剧。

海军飞行员的素质远超空军飞行员，从空军飞行员中挑出的精英才能成为海军飞行员。

历史上好多战舰都叫Enterprise（“企业”号）。

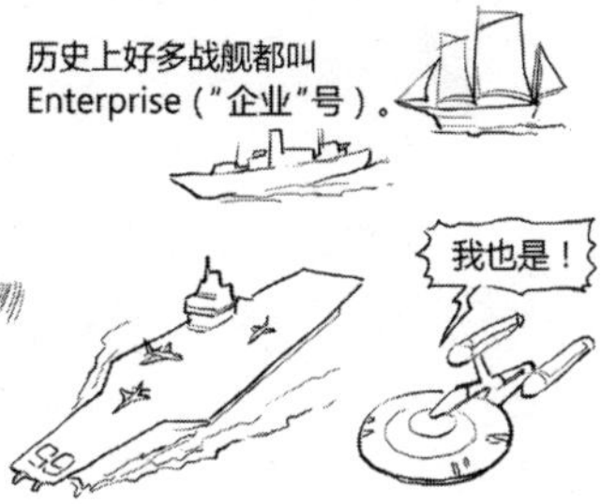

海军是有传统的，历史上曾有光荣历史的那些舰名是要流传下来的。

文冤阁大学士 点评

第四期 海上霸主航母（下）

“辽宁”号虽然入列了，但还没有服役，舰上的雷达、各种东西都还在调试，那个雷达在最新的驱逐舰 052C（即 170 和 171）上也还没有完全达到能够实战的地步。虽然看起来跟美军和日军拥有的宙斯盾系统差不多，但功效实际上是有差距的。众所周知，美军的宙斯盾战斗系统是全世界最先进的，美军已经有 20 多艘巡洋舰，50 多艘驱逐舰，“伯克”级驱逐舰和“提康德罗加”级巡洋舰上都装了这个系统。而日军也有 6 艘，说是驱逐舰，其实只有 9000 多吨，应该叫巡洋舰，也装备了从美国买来的这个系统。

这个系统不但整个导弹配合雷达系统很成熟，而且经历了很多次战争，有实战经验。我们的雷达，在理论技术上，不落后于任何国家，甚至在世界范围内都是不落伍的，但我们最大的问题，是元器件不是很过关，这样雷达的功能就会打很多折扣。就跟发动机一样，发动机其实没什么理论，重要的就是发动机的那些元器件，那些涡轮叶片，耐高温高压的能力，比冲的数量，最后对推重比的影响是非常重要的。等歼 -15 在“辽宁”号上能起飞和降

Δ 有时候，觉得美国是为了内测新型军备，以便促销时忽悠日本，才“悍然”发动战争的。

落时，“辽宁”号才能算真正意义上的航空母舰。

航母要战斗，离不开护航舰队。因为航母没有防御能力，它除了自己有飞机能进攻防御外，近距离的反潜、防空等，都得靠护航舰队。一艘航母要真正投入作战，需要很多其他辅助伙伴帮忙，护航舰队只是其中之一，这也就可以解释为什么我们迟迟不建航母，因为那个花的钱太多太多。一艘航母，花数十亿美金是最基本的，航母上那些飞机，花数十亿美金，然后那些护航舰队，再花数十亿美金……

要拥有一艘航母，不光是花造一艘船的钱，而是大量的金钱围绕着这艘航母在烧，所以一个航母战斗群，是很少有国家能承受得住的。当然小型航母，当个国家面子，拼了，可以做一做，比如印度一直在操作的小型航母“维克拉玛蒂亚”号(即印度从俄国订购的苏联“戈尔什科夫”号)，虽然没有我们的“辽宁”号大，却是“库兹涅佐夫”级之前的一级——“基辅”级(苏联航母级)。印度还从英国买了一艘退役的“竞技神”号，原来的**“竞技神”号**是一艘功勋航母，参加过著名的马岛战争。

Δ HMS Hermes：“竞技神”号，也被戏称为英女王陛下的爱马仕。

马岛战争（1982年4月至6月，英国和阿根廷为争夺马岛主权而爆发的一场战争）凸显了航母的作用。因为从马岛战争开始，海军强国们都开始想，小型航母也不错啊。当时英国已经让大型航母退役了——第一次世界大战后，英国舰队开始有点儿衰落，然后被美日追上。到第二次世界大战时，已经不如美日舰队强大，包括英国的航母，也越来越衰落。

20世纪70年代工党执政时，进行了大量裁军，导致到马岛战争时，英国已经没有大型航母，**只有两艘小型航母，**一艘只能载十来架小飞机（发动机能转过来，然后能垂直慢慢起飞，但作战半径很短，载弹量也很小的一种小飞机，被称作海鹞式战斗机），还有一艘由老航母改装的小型航母，率领英国舰队去了马岛。马岛离阿根廷非常非常近。**阿根廷连小型的螺旋桨攻击机都能飞到马岛，轰炸完了以后回去，**可离英国一万几千公里，远极了，但是由此凸显了有航母的好处。英国海军是第一个操作航母的国家，**“百眼巨人”号**就是世界上第一艘正式服役的航母。如果英国没有多年操作航母经验的海军，以及海军航

Δ 对比维多利亚女王与伊丽莎白二世女王登基时泰晤士河上船队庆祝的照片，英国盛极而衰，不言自明，不胜唏嘘。

Δ 又一例“一衣带水”。

Δ HMS Argus：这个Argus是个百眼巨人，和Hermes一样，都是古典神话里的。

空兵，这次与阿根廷的对打实际上是很难做到的。但英国当时还是付出了很大的代价，被打沉了几艘驱逐舰和护卫舰，然后有一艘载着飞机的集装箱船，也被当成航空母舰击沉了，不过英国最终还是战胜了阿根廷。

马岛战争极大地震撼了各国，觉得哪怕有两艘小型航母都能远隔重洋，去一万几千公里外作战，当然英国有几架战略轰炸机（我们没有），能飞到很远很远的地方。当时所谓的“核力量”叫三位一体，就是陆海空，陆上有导弹，海上有核潜艇和航母，空中有战略轰炸机（其实没有起到作用，飞了几千公里，在中间一个小岛上加点儿油，跑到马岛投两颗炸弹又回来了），主要还是靠那**两艘小型航母**。

Δ 英国海军昔日威武风光的天鹅之歌。

阿根廷当时也有一艘航母，但**不敢出港**，之前一艘巡洋舰刚一出港，就被英国核潜艇给击沉了，再加上护航舰队不够强大，因此面对强敌只有不出港。所以航母对保有领土，像英国保有马岛一样，还是有很大作用的。如果要能随时出动的，最少要有两艘，所以英法现在属于中等强国，生产航母也都是两艘两艘来生产的。

Δ 航母就是iPhone，护航舰队就是移动电源。不带移动电源，谁敢出门？

英国曾经生产过3艘小型航母，但都太小了，现在生产的这两艘中的“伊丽莎白女王”级，是要载上美国F-35B的（联合攻击战斗机，目前为美国海军陆战队和英国皇家海军采用,2008年6月完成首飞），这是非常先进的战斗机；法国的是载着自己非常先进的阵风战斗机，也是两艘，第二艘还没建，但是要建两艘，就是“戴高乐”号接下来的一艘。之前法国也有两艘航空母舰——“克里蒙梭”号和“福煦”号，“福煦”号2000年11月被卖给了巴西。**在马岛立下汗马功劳的英国“竞技神”号航母，最后被卖给了印度，**所以印度现在有一艘“维拉特”号航母，一艘俄罗斯马上要交付入列的“维克拉玛蒂亚”号。

Δ“立下汗马功劳”，到头来还是给卖了。英国的核心价值观就是“利益”。

印度有航母，已经有好几十年历史了，印度是第二次世界大战后亚洲第一个有航母的国家，后来泰国也有过一艘很小的航母，但**主要用来救灾**，因为它不但没有护航舰队，连航母上的那几架飞机的保有量都不够。正常情况下，像泰国这种只有一艘小航母的，大多只能用来救灾，实际上没什么特别大的作用。护国保卫领土的话，还是要有两艘，因为永远要有一艘在海上，

Δ 可爱的佛教国家。

随时保证有情况了另一艘出海作战。这是非常重要的，所以一定要有至少**两艘这个级别的航母（有两支强大护航舰队的）**。1艘航母最起码需要6艘或者6艘以上的大型巡洋舰、驱逐舰，如果没有巡洋舰，也得有大型驱逐舰护航。

Δ 够了，又是几十亿美金！

航母上主要的武器是飞机，进能攻退能守，所以航母上的飞机各式各样，歼击机、轰炸机、预警机、电子战机、救援直升机……**不摆满一甲板都不好意思跟人家打招呼**，但摆满就够了吗？错，差老鼻子了。因为海上太开阔了，躲都没有地方躲，随时能被四面八方的敌人攻击，所以航母一出动就拉帮结伙，俗称航母战斗群。一个航母战斗群最少得有这些配置：2艘导弹巡洋舰，2～3艘导弹驱逐舰，1艘反潜巡防舰，2艘攻击潜艇，1艘补给舰。你看这老老小小，**黑压压的一大片，简直是太威风了。**

Δ 满汉全席。

Δ《星际争霸》的气息扑面而来。

我们今天建造中的，已经大大加快了速度的，是052C导弹驱逐舰，以及传说中的052D，但距离给两艘航母提供护航服务还很遥远，尤其是航母在水下还要有护航的潜艇。反潜最好的武器实际上是潜艇，就像打坦克最好的武器就是坦克本身。我们的核潜艇还不够，尤其是攻击性核潜艇，伴随着航母的数量跟质量还都不够，还处于噪音很大，各方面不是非常先进的状态。

一句话，就是对我们现有的实力要有个清醒的认识。我们现在入列，几年以后会服役的这艘“辽宁”号，性能尚不如美国已经退役的那七八艘大型航母，而刚刚服役的最先进的驱逐舰052C，就是170、171这两艘，以及正在建造的驱逐舰的性能，跟美国已经退役了的“提康德罗加”号巡洋舰也不能比，更不用说在美军中已经成批退役的非常先进的宙斯盾巡洋舰。我们现在正在研发的核潜艇，以及正在服役的核潜艇的性能，尚不如人家20年前就已经退役的核潜艇，更不要说跟现役的比，我们要清醒地认识到自己的实力。

论陆海空的装备军力，我们跟印度是不相上下的，但跟美国差距不小。我们的歼-10这样级别的战斗机，相当于美国最早期型号——已经成批退役的F-16那种实力。尽管如此，跟周边的海军还算是有一拼的，在单舰的性能上，是不如日本的6艘宙斯盾巡洋舰，但我们的数量以及我们的优势（离得近），不需要航空母舰就能跟日本一拼。韩国也有宙斯盾巡洋舰、驱逐舰，也是从美国买的宙斯盾系统。**美国宙斯盾出口给了几个离我们最近的盟国，给我们造成了很大压力。**

Δ 一定得开发个我国拥有自主知识产权的“张飞矛”系统，以张翼德之矛，攻宙斯之盾。

说到海军实力，绕不开美日。第二次世界大战刚开始的时候，美日海军是最强大的，英国当时实际上没有大型航母，只有小型航母。除了航母，战列舰的威力也是顶呱呱的。当时最著名的战列舰被称作 Big Seven（七大战列舰），即主炮口径 16 英寸（406.4 毫米）的 7 艘舰（日本的“长门”号和“陆奥”号，美国的“科罗拉多”号、“马里兰”号和“西弗吉尼亚”号，英国的“纳尔逊”号、“罗德尼”号）。航母呢？日本有 6 艘大型舰队航母——载机量比英国航母高很多，跟美国航母不相上下——和几艘小型航母。美国虽然也有大概 6 艘大型航母，但美国是两洋舰队（大西洋有一支舰队，太平洋有一支舰队），实力不均，所以在太平洋舰队里，美国的航母舰队是不如日本航母舰队的。因此，日本才能以 6 艘大型航母偷袭珍珠港，几乎全歼了美国太平洋舰队，取得那么**吓人的战绩**。

Δ 对美国人来说，是很 Shocking 啊。山本五十六不愿惹美国，又难抗军令，只得放此“胜负手”。电影《虎，虎，虎》里，美国大使面斥日本大使时的表情，那份冷峻，令我难忘。日本拍的好几版《山本五十六》，也推荐各位一看。说到山本，他曾留学哈佛，军事才华不输“海军之神”东乡平八郎先辈，可惜命运不济。他用飞机打美国，美国后来击落了他的座机，据说他的遗体被发现时，仍持军刀端坐。

太平洋战争打了三年零十个月，在三年零十个月里，美日两国释放出了截然不等的生产力，日本只造了3艘比较好的航母，远远补充不了日本在战争中的损失，并且到最后，日本最大，也是第二次世界大战时最大的航母“信浓”号，**刚下水试航的第一天夜里，就被美军击沉了**。那美军生产了多少航母呢？150 ~ 160艘，非常吓人的数字，其中大型的舰队航母、40000多吨重的大型舰队航母“埃塞克斯”级，就生产了24艘，然后还有大量的护航航母、轻型航母，还送给了英国很多艘护航航母，如果包括当时没完工，到最后才完工的，更大型的“中途岛”级的3艘，就更吓人了。

△“信浓”号是1961年美军“小鹰”号服役前，世界上排水量最大的航母，第一次正式出航20小时后，被美军潜艇鱼雷击沉，由此创造了一项世界纪录：最短命的航母。杰克如果在“信浓”号上，给露丝画到一半，水就没顶了吧。

美国在开战之前，一年也就生产上千架飞机、战斗机，可是一旦开战，美国所有汽车厂都转产坦克，甚至转产飞机，释放出了非常可怕的生产力。297000架飞机，在那三年零十个月里被生产出来。美国的航母舰队最后开到日本海的时候，仅仅从航母起飞的飞机，就像一个大蓝毯一样，覆盖了日本全境（大蓝毯行动，始于菲律宾战役，空中突袭作战策略，将近千架飞

Δ 代表山德士上校惩罚你们，统统变成KFC 炸鸡！

机置于空中，轮番执勤）。**你所有机场起飞的飞机，滑跑阶段就将你击落，你刚飞起来，还没来得及升空就把你击落**。然后机场全部被轰炸，就到了这么厉害的程度。

苏德战争时，德国出动了史上最强大的军队——5000 架飞机，5000 辆坦克，这已经是史上最强大的军队了。德国侵略苏联是当时史上最强的入侵，美国陆军当时才几百辆坦克，但是美国开足马力，所有拖拉机厂都能转产坦克，就在三年零十个月里，生产了 100000 辆坦克。美国光送给英国（当时按照租借法，美国给中国、英国和苏联提供大量的物资，当然重点是给英国和苏联提供）海军的就有 30 多艘护航航空母舰，送给苏联的大概也有 40000 辆坦克。虽然美国坦克的性能，M4 什么的，没有苏联自己产的 T34 性能好。

美军那时的装甲部队非常强大，海员也非常英勇。因为黑海被占领了，远东又太远，所以无数的美国海员通过北冰洋航线，在德国的轰炸机和潜艇的封锁下，向苏联运送物资，作出了伟大的贡献。当然从另一个角度讲，一个国家的综合国力，对战争的胜利，对最终能否支撑到战争结束，能否拼得住消耗，是有巨大决定作用的。

还有人员的素质问题。我们曾经跟美国打过仗，打仗的时候，有一个大问题，就是我们只有专业的司机能开车，**在战场上只要司机牺牲了，这个车就废了。**但美军上战场的时候，人人都会开汽车，当然美国全国有两亿支枪，大家本来也都会开枪，更可怕的是，有好几十万人持有飞机驾驶执照。

Δ 驾校报名，走起！

日本在第二次世界大战的时候，航空母舰飞行员的素质，是远远超过美国航空母舰飞行员的，日本海军航空兵，都是江田岛海军兵学校这些地方训练出来的精英。不过日本面临的最大问题是，虽然有几百个飞行员的素质超过美国，但在中途岛、珊瑚海、瓜达卡纳尔岛等海战中都消耗掉了，没有可补充的人员。这就能解释日本在太平洋战争期间，为什么只能靠神风自杀机去撞美国的军舰，就是新补充的飞行员远不及那些精英飞行员。日本整体的国民素质不行，这些新补充的飞行员大多只是飞了 10 小时、20 小时的新手。

有一部日本电影《啊，海军》，讲的是江田岛的事情，里面大家报自己飞过多少小时，最开始都是飞了2000小时、1500小时的资深飞行员，到最后报出来的，飞过100多小时的，就已经是领队、机长了，只飞过十几小时、20小时的，上战场是没办法空战的，也没办法打仗，只能挂上炸弹自杀，冲着美军战舰撞过去。所以到最后日本是没有办法了，飞机还能生产个几千架，但飞行员是生产不出来的，是需要经过多年训练才能培养出来的。美国本身就有数十万拥有飞行执照的人，立即就能上天，再加半年、一年训练就能驾驶战斗机，经过更好的训练就能上航空母舰了。

所以支撑战争的两个重要资源，一个是国家的综合生产力，**一个是国家能够迅速补充所有伤亡跟消耗的重要海员、飞行员，这些是国家重要的后备力量**。目前，全世界没有一个国家能跟美国在这方面比。我们欢欣鼓舞地有了第一艘航母，但不能跟兜里揣了把枪一样，上街见谁都不忿，瞪人两眼。我们的航母还需要很多年才能形成正式的战斗力；我们的护航舰队，还需要很多年的发展才能与航母匹配；我

Δ 难怪第二次世界大战以后，流行Human-Resources（注意，用复数），战争最能体现人力的资源性。

们需要继续低调，需要和平地跟周围的国家平等相处。我跟全国人民一样，对于第一艘航母的入列感到欢欣鼓舞，也为中国的强大感到非常自豪。

航母有飞机，能进攻防御，但近距离的反潜，近距离的防空等，都得靠护航舰队。

马岛战争极大地震撼了各国，觉得哪怕有两艘小型航母，都能远隔重洋去万里之外。

美军上战场时，人人都会开汽车，更可怕的是有好几十万有飞机驾驶执照的人。

太平洋战争后期，为什么日本只能靠神风自杀机去撞美国的军舰？

飞机能产几千架，但飞行员是生产不出来的，需要经过很多年的训练。

支撑战争的两个重要资源，一个是综合生产力，一个是能立即补充重要战斗力，这是国家重要的后备力量。这方面全世界没有一个国家能跟美国比。

第五期

政治也娱乐——美国大选（上）

周庆安 点评

又到了美国大选的日子，关于投票的事儿问了周围几个美国人，有纽约州的，有加利福尼亚州的，还有其他州的，貌似很多人对投票都不是很热衷，尤其是年轻人。他们说反正我们州都是支持某某的，我投不投都没有关系，这岂不是说美国选举也不是真正代表民意的？

美国立国的时候，是双原则立国。它一部分像一些小国家，就是民主国家，民意是绝对的，老百姓多数决定干什么就干什么。可美国又是一个大国，要权衡很多。其他国家都是从有皇帝有国王，然后慢慢转变过来的。美国不是，美国是一个白手起家的国家，就是靠着那一批先贤，那些被叫作 Seventysixers 的人（费城 76 人队，实际不止 76 人），当时在费城签署了《独立宣言》，并设计了这个国家的一切制度，包括宪法。先贤们设计制度的时候高瞻远瞩，因为没有任何一个国家是美国的先例。所以美国立国时有一个基本的双原则，即美国既是一个民主国家，要听人民的，它也是一个联邦国家，这两个是并行的。它不是一个纯的民主国家，而是一个联邦国家，就是州的权力也很大，也要考虑到州的权力，不能光考虑到人民的权力。因为光考虑到人民的权力，一个大问题就是人多的州会欺负人少的州，所以它要同时权衡两个立国原则，要考虑各个州的平等，也要考虑人民的平等和自由，是一个民主共和制的国家，又是一个联邦国家。

美国是一个很怪的国家，完全拔地而起，不是从上头来一个征服者，征服者说我要怎么怎么弄这个国家，而是完全由地方人民一点点出于需求形成的。人民已经在下面，成立了Town（镇）政府，或者成立了City（市）政府，成立了County（县）政府，然后又有了State（州），等这些County多了，大家组成一个State，然后这些州多了，大家说，咱是不是弄一个国家，当然也是因为被人欺负，比如英国什么的。最后把英国打跑了，当然一开始也没想到要有一个总统，一个中央政府。咱们就这样挺好，没人欺负咱了，咱自己也别再找一个人来欺负咱。咱有病啊，咱贱啊，把欺负咱的人弄走了，然后再找一个人来欺负咱，就这样挺好。结果弄着弄着就发现，还是有问题，比如万一外边来一个人欺负呢？原来的各州带民兵去打，每个州军服都不一样，每个州的军饷也不一样，每个州的纪律也不一样，其实成本很高，邮政、外交等问题也需要考虑。**后来过了好几年，大伙说我们还是弄一个中央政府来替大家服务吧。但这个时候大家就特别警惕，有很多州其实不同意。美国最后通过宪法（1804 年宪法）有了总统。**

确立总统这个家伙是干吗的时候，是极为谨慎的，先贤们仔细想了想，怎么能防止这个人成为另一个欺负我们的人？或者这个人来自某一个州，这个州去欺负别的州怎么办？当时是想了几种选总统的办法，一种就是现在很多小国家那种全民投票,这个不行,大家都否决。因为全民投票，人多的州永远当选，纽约市现在的人口，就超过了美国 41 个州各自的人口（美国一共有 50 个州）。如果要全体投票，就会发生一件事儿，就是所有总统都是从纽约来的。那这事情就要命了，这不行。后来又说议会投，议会投是目前大概有一半以上的所谓民主国家采用的选举方法，比如日本、英国等。我们就投议会里的多数党，他的党魁就是首相或者总理。但是议会投又不行，因为美国的先贤们是非常坚持三

Δ 1783 年，美国和英国签署《巴黎和约》，宣告美国独立战争结束，美国独立。这恐怕是英国在 18 世纪签署的唯一一份“丧权辱国”的失败合约。1789 年，华盛顿当选为美国第一任总统。在这 6 年中，美国只有一个大陆会议为基础的松散中央政府，由北美 13 州的代表组成，重大事务一州一票。但是没有宪法，无法收税，各州经常不来开会。直到 1787 年，费城制宪会议才正式开始讨论制定宪法。

权分立的。总统有行政权，立法权就在议会，司法权是另外独立的。如果由议会来决定总统（行政权），等于议会有两种权力，那三权分立这个概念就没有了，所以议会投也取消了。

后来有人提出来，那就由州长们选吧，州长们一起投票选，这个又跟第一条正好反过来，民意又体现不出来了。州长们如果一人一票的话，小州人口没多少，那大州吃亏了，大州说我们这么多人，人民的需求也要考虑进去，所以如果一人一票是欺负了州权，就是所谓联邦制的基础又没有了；可是如果由全体州长投，州是平等了，人民的权力又没了。

（美国的选举也被称为“驴象之争”。这个得从 1828 年说起。那一年民主党的安德鲁·杰克逊竞选美国第 7 任总统，对手批评他是“笨驴”，漫画家还画驴的漫画讽刺他。他不但不生气，还主动拿驴当竞选海报的主题，最后还选上了。19 世纪 70 年代，美国政治漫画家托马斯·纳斯特开始在作品里面拿驴子和大象来比喻民主党和共和党，一个笨头笨脑，一个行动迟缓。尽管纳斯特有讽刺之意，民主党却觉得驴又聪明又勇敢，共和党也觉得大象代表尊严、力量和智慧。**民主党的驴形党徽用了100多年，2010年才改用新党徽。**）

Δ 2010年中期选举时，民主党推出了新党徽——白底，外圈为深蓝色的圆圈，里面则为天蓝色的大写字母D。D是民主党的缩写。驴子的党徽作为非正式党徽使用，但驴象形象早已经深入人心。

这三种方案都否了以后，这帮先贤们智慧的脑瓜子里，就想出一个全世界都没有过的制度，到今天大概也只有美国有这个制度，就是选举人团（Electoral College）制度。这个选举人团是什么？就是各州选民先选出本州总统选举人，人数与该州在国会中的议员数相等（每州至少3人）。美国50个州加上哥伦比亚特区，共选出538名总统选举人，各州选举人再组成选举人团，分别在各州展开选举活动，538张选票中获得半数（270张）选举人票的候选人当选为总统。

可议员是怎么来的呢？参议员各州平等，不管人口多少，每州都只能有2名；众议员则按各州的人口比例分配名额。众议员是这么规定的，比如国会中有400个众议员的话，平均就是七八十万人中就有1个，可有的州就6万人，就规定该州最少得有1个众议员。所以美国有几个州是只有1个众议员、2个参议员的，也就是说无论人数多的还是人数少的州，在国会中的议员数至少有3个人，投票时至少有3票。

还有一点特别有意思，就是“赢者全拿”这个规定。候选人谁赢得了某州选民票的简单多数，谁就能获得该州的所有选举人票。美国电影、电视剧里不都演了吗，某个候选人为了选票，经常游说或者演讲拉票，就是这个意思。在美国，不管谁都不敢放过任何一个选民手中的那张选民票，因为必须先有选民票的“简单多数”，才有选举人票的“赢者全拿”，这实际上就是普选，体现了“少数服从多数”的民主规则。在照顾了全国多数选民的同时，也照顾了每个州，尤其是小州的多数选民。

换句话说，即便是小州，也是不能忽视的。比如在加州，我超过你1票，普选的时候，加州所有那50多张选举人票就都是我的，即便我比你多500万票，也是这样。可是在别的州，你比我多了1票，这个州的所有选票又都归你。最后谁能赢，看的是那538张选票中谁能达到270张甚至超过这个数。美国历史上出现过17个总统，最近的就是小布什，普选票数比对手低了好几十万，但就是因为这种“赢者全拿”的规定，他赢了。比如戈尔那时候输给布什，戈尔在加州赢了上百万选民票，加州那50多张选举人票都投给了戈尔；可是在佛罗里达州，也是大州，几百万选民,布什只赢了戈尔500多票,就500多票，可是佛罗里达州那几十张选举人票就投给布什了。

这么一算就明白了，我在这儿超过你几百万票，在那儿我只比你低几百票，但是因为这个所谓的**选举人团制度**，导致了在每一个州赢者全拿。你多赢少赢都没关系，你只要赢一票就都归你了，所以如果是纯民意的话，那就有17个总统不是纯民意的；如果是纯民意，也就有17个总统当时应该是对手当选。

美国那些立国先贤，不但高瞻远瞩，有强大的智慧，而且没有一个人图私利，最后说，那谁来当总统呢？这些人自己都不知道，说我们到农场把华盛顿找来吧，说让他当吧，然后把华盛顿找来。那个时候宪法并没有规定总统可以连任多少届，他可以当一辈子，也没人跟华盛顿去竞选，但华盛顿自己说,我先垂范一下,就当2届，然后就回家了。

Δ 美国的选举人团制度是一种制度创新。它能最大限度地保障民意、快捷计票，保持各州平等。但从客观上来说，也正是因为选举人团制度，美国200多年来一直是两党轮流执政，难以产生第三党或者独立候选人。从政治上看，这是和美国的联邦制度联系在一起的，在强调州权，约束联邦权力的大背景下，选举人团制度得以存在和延续。

很长很长一段时间里，并没有法律规定总统只能当2届，后来所有总统都依照这个先贤垂范，说我们都别当独裁者，就当1届，最多2届走人。直到第二次世界大战的时候，因为实在需要全国团结起来去打仗，罗斯福才连任了4届，那之后才立法说，我们别再出现这样的情况了，幸亏赶上是罗斯福连任4届，要赶上一个希特勒呢，或者是斯大林呢，这不就要命了吗！幸亏是罗斯福，当然因为罗斯福第4届的时候去世了，要不然的话还不知道是什么情况呢。所以美国为了防范这个，后来才规定只能当2届。我觉得选举人团制度基本上一半代表了民意，一半代表了州意。就是州的意见很重要，民的意见也很重要，所以这个国家叫民主制和联邦制，是个有双重基础的国家。

按我们的惯性思维，肯定觉得投票这事儿不简单，肯定有猫腻。但美国选举，投票还是真实可信的。虽然表面上选民们投的是议员的票，实际上是投给某个党的。不得不佩服美国那些先贤们，早就预知到未来的一些情况，他们200多年前立国，当时立下的那些规矩、宪法，有很多到现在一个字都没改过。很多情况他们都预知到了，唯有一点没想到，就是党。

所有创立美国这个国家制度的先贤们，都特别反对党这个事儿。因为他们认为党一定会谋私利，党一定会去打击对手，党同伐异嘛，党一定会去恶性竞争，所以当时他们创立这项制度（选举人团）的时候，并没想到党。他们是希望这套制度由最有魅力、最有良善、最有智慧的个人去竞选，然后得到民意跟州意两方面的支持。但是他们没想到人性，有些东西是防不住的，比如人，自然而然就会有党，为什么呢？比如他想当总统，他觉得一个人不够，于是他就开始到处去游说自己的主张，说你是不是同意我的主张，你把支持你的人也都归到我这儿，我替你们去实现，我们共同的那个理想跟主张，这就叫党，党就来了。然后另外一拨人也是，说我有这个理想，你有没有跟我一样的？好，OK！最后又形成了另一个党。但美国呢？美国其实不是一个多党制的国家，而是一个两党制的国家。这个两党制跟多党制是有本质区别的，多党制是一会儿来一个这个，一会儿来一个那个；两党制就是两个党，其他小党虽然有，但完全可以忽略不计。

美国是一个真正的两党制的国家，就是民主党和共和党，来来回回就他俩。为什么叫真正两党制的国家呢？因为这两个党共同操控着国会，不停地通过修改选举法来保障各自的胜率，这两个党也想好了，他们想要的选举法，就是不可能有第三个党被选出来。为什么呢？因为他们不按比例算席位。比如很多国家是这样的，5个党同时竞选，按5个党选票的比例分配议席，如果议会里有100席，你获得了50%你就有50席，你获得了30%就有30席，那个党就获得2%，可是也有2席。美国不是，美国就是为了避免这个，坚决不采用欧洲或者日本这种各个党按比例进入议会的制度，它就是赢者全拿，它不一定看比例，民主党的某个候选人在国会获得的选举人票数够270张，他就赢了，那他在每一个选区就都是赢者全拿，反过来共和党也是这样。

在这样的选举体制下，没有第三个党能跟这两个党争，别的党即便占点比例，也有点票，可是那票不按比例算也没用。所以在这套选举体制下，两个党不停地修改选举法，而且在重新划分选区的时候，都特别精明，比如你在某一个地方，有一个党也在那个地方，他（那个党）可能有点意思，他就把这个选区给你分割开；这个党比如就在这块儿有点儿影响力，他就把这块地分成好几块，都是跟民主党强大的，或者共和党强大的那个选区划分成一个选区。那你一投票肯定还是民主党或共和党当选。

美国人民也认同，也嫌烦，就是你别弄得那么复杂，就你们俩得了。美国人民其实是这样的，他其实也不太在乎到底谁当总统，所以好多人不爱投票，是有原因的。因为美国人信任的是自己的制度。**他认为在这个制度下，谁当总统都没问题，你去当总统也没问题。因为你干不了坏事，你当总统能干吗？第一，你没有立法权。第二，你没有司法权，尤其你没有财权，钱在国会手里呢，没钱你能干吗？你什么也干不了。你也不能到处征税去，因为你没权，征税权也在国会，你还能干吗？发动战争？宣战权也在国会**。总统唯一能干的就是搞点儿秘密的事儿，到中央情报局里头跟

Δ 即便在国防领域，美国的宣战权也在国会。根据1973年的《战争权力法》，总统在未经国会授权情况下，对外军事行动不得超过60天，但允许有额外30天撤离时间，总共90天。但是在第二次世界大战之后，多数军事行动未经授权就开展，比如杜鲁门宣布对朝鲜的战争，20世纪60年代美军进攻黎巴嫩，古巴导弹危机时出兵，1965年出兵多米尼加等，事前都未得到国会批准。而在9·11事件发生后，美国大多数军事行动一改战争常态，采取无人机攻击、特种部队袭击等，大多数也未经国会批准。有些特种军事行动则是以国会涉及的情报为依据，在军事委员会授权下，由总统宣布进行的。所以现在很多美剧里，幕后操纵者都是国会议员，这是有现实可能性的。

国会说，对不起国会，这事是国家秘密，我慢慢跟你讲。也就这点事，他还能干什么？美国总统被这个体制整个限制了，权力并不大，他也管不了各个地方，所以美国人民更关心自己的市长，县里的Supervisors（县长）以及州长，州长也不太关心了，说实在的，他们主要信任这套体制。美国总统在美国的知名度调查中，从来没排进过前十名。

但美国总统在国外，在全世界的发言权是大的，虽然在国内是小的。他能管全世界好多事儿，他甚至能管中东什么的这种事儿，但是在国内他什么也管不了，所以他等于就是一个大使出去，最开始美国总统只被赋予了这么点权力，就是外交跟国防。因为这两件事各州干不了，得有一个统一的外交，国防也是，所以各州不愿意干的事儿，都是总统去干。按美国人的说法，给我们打工去。而且总统的办公地点是在不怎么美也不怎么繁华的华盛顿，而不是纽约、洛杉矶这些地方，就是总统你不是来享受的。可你看美国大选的时候，干吗还那么多人拼命想当总统，竞选这个那个？

其实拼命想当歌星、球星的人，比想当总统的人多得多。美国没有那么多人拼命想当总统，拼命想当歌星的人是第一多的。想当总统的人没几个，想当州长的话，州长也得去小地方。每个州除了南部有几个州，大部分州的州府就在一个特小的小城里，就是你只要愿意当官，你就去那儿待着，那儿什么也没有，要不然你有钱，像施瓦辛格当加州州长，有钱，他每礼拜四晚上坐自己的私人飞机——还不给报销呢，人民可不给你报销这个——回洛杉矶享受三天，星期一早晨再坐自己飞机飞回来。加州州府在Sacramento（萨克拉门托）一个小城，那个地方什么也没有。

总统的权力在国内是小，而且受限多，但总归是有的，好歹人家坐的是头把交椅。他相当于整个国家的CEO，各个部委和行政机构都得听他的，首先他有权选任各大机关首长。在立法方面，可以否决国会通过的任何法案，要是两院（参议院和众议院）中各有三分之二多数票推翻他，法案还是可以通过的；还有宣战权虽属于国会，但在一些情况下，总统可以越过国会不宣而战。在司法方面，他可以赦免任何因破坏联邦法律获罪的人。在外交事务方面，他负责任命驻外大使、公使和领事，还可以接见外国大使和公务人员。

美国选举的权力在各州，不在联邦政府。所以各州想怎么选就怎么选。“赢者全拿”这种选举制度，也不是所有的州都这么干，有两个州就不这么干。说我们先等着看，如果他全国的总普选票数高，我们这个州的选举人票就都给他。现在大概已经有四五个州脱离了这种“赢者全拿”选举人票制度，决定跟那两个州一样。就是先不投票，先看全国普选票，如果全国普选票出来了，他高，就全投他了，而不是本州的普选票高就投谁。所以美国的选举不在联邦政府，如果选举的管理也在联邦政府，最后选出来的还是联邦政府，那等于自己定规则自己执行。那还了得！所以选举怎么选，是由各州定的，国会没权力。

那会不会有几个州永远支持民主党，有几个州永远支持共和党？

加州永远支持民主党。虽然加州经常选出一个共和党的州长，那是因为个人有魅力。这么说吧，美国那个党是很松散的，你也不知道他是哪个党的。第二次世界大战以后，艾森豪威尔威望极高，两个党都去找他，说你代表我们参选吧。美国不像英国，保守党、工党要填党员证，美国是直到选举的时候，才突然说我加入你的阵营吧，或者被人拉去，说你威望高，你能当选，那你加入我们得了，做我们党的候选人。底下的选民也是，比如说各州开始党内初选的时候，平时你也不知道他是什么党，他可能忽然就去参加共和党了。他上午参加共和党初选，说我是共和党党员，我要选这个人，下午他又跑民主党那儿初选，说我是民主党的。这岂不乱套了？没事儿。美国的党都比较随便，是些松散组织，不选举的时候，这个党的概念特别模糊，党的概念每到选举年的时候，大家才会突然想起来，说我是这个党的。但因为有些州，应该说大部分州是有明确倾向的，只有某一部分州是摇摆州，所以美国竞选主要集中在摇摆州。共和党跑到民主党的州，再拉票也没用，顶多只能拉点儿钱。

我就收到过罗姆尼竞选团队给我寄来的筹款晚宴的信。说罗姆尼最后一次来南加州，你要交1000美元，就可以来参加晚宴，坐在什么位置，交2000美元，可以坐在什么位置，好像是Sliver seat（银座），然后交多少钱坐在Golden Seat（金座）之类的，然后你就跟罗姆尼吃饭去了。当然他也就来募款，因为他很少来，但他来了也没用，加州就是支持民主党的。**民主党、共和党各有坚定的支持群体，比如黑人基本上都支持民主党，然后是年轻人，尤其是现在的年轻人——奥巴马起到很大的作用，刚刚有投票权的人，一过18岁，大部分都支持奥巴马，支持民主党；其实这个党更重要的，还是看最后候选人的魅力，候选人有没有魅力很重要。**

△奥巴马能获胜，除了民主党的传统票仓外，一个很重要的原因是奥巴马的多元化——肤色、年龄、竞选口号，甚至是他的新媒体选举策略，都得到了年轻人的关注和追捧。他被美国舆论称为第一位新媒体总统。在竞选中，他成功地利用了Facebook、Twitter以及电子邮件等方式发送各种选举材料来拉票和助选。

当然加州传统上就是支持民主党的，为什么呢？因为西裔（有西班牙血统的美国人）都支持民主党。加州本来就是墨西哥的地方，是美国抢来的，美国1848年通过打仗从墨西哥抢了7个大州，包括加州，所以墨西哥现在还留着半个加州，叫下加州，西裔都支持民主党。除了古巴，西裔分成很多种，整个拉美的西裔都支持民主党。只有古巴裔的美国人，虽然也说西班牙语，但他们支持共和党。**犹太人是很有意思的，美国大选里有一个特别奇妙**

的现象：当 80% 的犹太人把票投给民主党的时候，它的候选人就一定当选（犹太人基本都支持民主党）；如果只有 75% 的犹太人把票投给这个候选人，这个候选人就一定当选不了，特别奇怪。犹太人仅占美国人口的 2%，一共 600 万人，不知道为什么就这么神奇。

选举人票制度基本代表了民意，至少代表了大部分民意支持的党，然后同时代表了州去平衡一下民意。**虽然有很多知识分子在美国闹，但是知识分子哪个国家都闹，哪个国家的知识分子，都觉得自己的制度不对、不合理，哪个国家的知识分子，都觉得他们生活的那个时代是最悲怆的时代，哪个国家的知识分子，都怀念他们以前崇敬的知识分子生活的黄金年代，都觉得自己生活在一个狗屎年代，美国也一样。**美国的知识分子天天在骂这个制度如何如何，但要平衡美国这么大的一个国家，这套制度还是一个比较好的制度。

Δ 这个说法的一个来源是 2004 年美国总统选举时，民主党候选人约翰·克里获得了 75% 犹太人支持，但是没有当上总统。总体上说，犹太人自“罗斯福新政”以来，支持民主党候选人居多，但是比例也有所不同。由于犹太人掌控美国财团较多，影响力大，因此在助选环节的投入，往往会决定总统选举的走向。

Δ 关于知识分子的这段论述非常有趣，不禁想起了马克·里拉的作品《当知识分子遭遇政治》。这本书从另一个侧面说明，即便每个国家的知识分子都怀念黄金年代，当他们真正投身政治的时候，他们却未必能够创造黄金年代，甚至还会成为坏制度的帮凶。不过就美国而言，美国的知识界是非常多元化的，有批评制度的人，比如乔姆斯基，也有参与制度的人，比如巴拉克·奥巴马。

美国是个白手起家的国家，靠着那批先贤，当时在费城签署《独立宣言》，他们设计了这个国家包括宪法在内的一切制度。

美国的两院制度，参议院里各州平等，不管人口多少，每州 2 个名额，众议院里按人口多少的比例分配名额。

开始并无法律规定，华盛顿做完 2 届总统就回家了，后来的总统都依照他的垂范行事。

“二战”时因战时需要，罗斯福连任 4 届，之后才立法规定总统最多连任 2 届。

总统的权力有限，管不了地方，美国人民更关心市长、县长，因此他们不太关心大选。

美国人入党很随便，上午说自己是民主党党员，下午就投靠共和党，没那么严肃。

第六期

政治也娱乐
——美国大选（下）

周庆安 点评

美国这次大选，明显对我们国家的态度与以往不同了，那天还跟一个美国外交官（他主要研究中美关系）聊到这事儿。他说，你看中国在美国的心目中变化有多大，他说美国之前说中国的时候，老说Human Rights，人权问题，这几届美国大选却没人说了，为什么呢？原来的中国是一个远处的国家，像一盘棋上的一枚棋子，现在的中国俨然已经不是一枚棋子了，而是半盘棋。

原来是棋子，就当一个人权问题说一说，显示美国多关心Human Being（人类），但是中国现在已经不是一枚棋子了，而是半盘棋，是美国的竞争对手了，所以现在美国说起中国来，竞选的时候，包括这次辩论，两党的候选人——奥巴马和罗姆尼——都没谈到人权问题，都是说中国是个怎样的竞争对手，等等，这是一个大改变。第二个他说得更有意思。中国过去对美国来说是一个外交问题，现在不是个外交问题，而是个内政问题，为什么呢？

去年奥巴马那份国情咨文（美国总统每年有一个最重要的讲话，就是在议会

Δ 中美关系从外交问题变成"内政"问题，主要是中美之间紧密的贸易关系决定的。每年中美贸易额超过5000亿美元，是世界上跨国贸易额最多的国家之一。而且中美贸易中出现的逆差，常常能够具体影响到一家中国企业或者一位美国工人。

里宣读国情咨文，就是施政的纲领）说到外交的时候，一个字都没提中国，说到内政的时候，却提了四次中国。**说中国现在不是美国的外交问题，而是美国的内政问题(Domestic Issue),为什么呢？**因为美国的就业问题是由中国造成的（中国人抢了美国人的饭碗），而就业问题是美国的第一问题。就业问题直接导致选票的多寡，就是说你让我失业了，我还能选你吗？那我肯定选另外一个人，我希望那个人不让我失业，所以就业问题是第一问题。

候选人们为了巴结工会就得骂中国，因为工会票最多啊，汽车工人工会下面好几百万人，还有港口工人工会，卡车司机工会，等等。但美国又是矛盾的：一方面资本家爱中国，因为中国人工成本低，能给他赚钱；一方面工会和工人又是最恨中国的，因为资本家都跑到中国开工厂去了，过去工会一罢工，资本家会害怕，现在工会一罢工，资本家说谢谢，我把工厂搬中国去，你敢罢吗？你只要说罢工，我就关了，我就拆了，去中国。所以工会都痛恨中国，候选人们为了工会的选票就抨击中国，中国已经不是个外交问题，而是个内政问题了，而且很严重。

美国人不太在乎政府跟哪国好，跟哪国不好，这是外交。大部分美国人其实都不知道伊拉克在什么地方，真的！你问美国人，法国首都是哪儿，美国人真不知道，你跟美国人说Paris（巴黎）这个词，他们首先想到的是Paris Hilton，就是希尔顿家那个大闺女，他根本不会想到那个是巴黎，美国人不太关心外面的世界，非常不关心。他自己用的所有东西，度量衡（油他用加仑），什么进位制，全都跟外面的世界不一样，美国人不太关心外面的什么事儿。中国就是因为已经从一个外交问题变成了一个内政问题，还是个严重的问题，所以每次要讨好工会的时候，候选人们就要骂中国，这就是为什么总统要骂中国的原因。

在美国人看来，中国跟美国的关系，现在已经到了一种比较严重的地步，比苏联跟美国冷战时的关系还要严重。苏联是美国的对手，但是美国内政跟苏联无关，那时候没有一家美国工厂搬到苏联去，中国不但是美国的对手，而且还严重影响到了美国内政，所以在大选里，被候选人们当作一个严重的元素再拿出来弄。

资本家都喜欢中国，罗姆尼就是个资本家，工人讨厌中国，就是工会讨厌中国，在美国就是这样。美国政府永远是在这两股势力的游说下制定中国政策。美国是只要国会闲着没事儿，就说点中国人权问题什么的，然后一帮大企业就砸大钱，雇游说公司去议会游说，说:你说这废话干吗?你有病没病啊！我们跟中国做生意做得挺好的，美国人民买到了便宜东西，虽然你就业率下降了，但是你生活成本还下降了呢。你买的东西都便宜了，这对美国人有好处，你没事儿闲着骂中国，你骂中国能骂出一分钱来吗?你干吗骂它呀，我们这儿还做着生意。

早期是以摩托罗拉为首，现在摩托罗拉下去了，又以苹果为首，反正在中国有巨大利益的公司都有强大的院外游说集团，就是谁恨中国，这个院外游说集团就狠狠弄他。他要再不听话，就在他的选区里花钱使手段，让他选不上。因为你天天出来骂中国，弄得中国制裁我们。美国选举，钱还是很重要很重要的一方面。钱只是一方面，但是也需要，让你当选的钱可能是不够，但是想办你，钱是足够的。

政客都是狐狸，精着呢。大选的时候抨击中国，用完了选票，说我要选票先当选，然后跟资本家在底下，你游说我，我游说你，都说好了，先别急兄弟们，等我当选了大家都各得其所。资本家拿那么多钱去游说，然后他也答应了资本家，说你放心，我这不是骗他们这些工会吗，让他们高兴高兴，然后选我，选完了我，我能跟中国翻脸吗？咱还欠人家1万多亿美元呢。**美国大选就是一个游戏，就是每隔4年，搞一次造星运动，然后造出两颗星，其中一颗星虽然没当成总统，但也变成美国另一个代表，总统没空去一些地方的时候，就是那个落选总统，曾经当过候选人的，代表美国到很多热点地区和小地方去弄一弄。**第二次世界大战的时候，来到中国重庆，坚决鼓励中国，并为中国带来了需要的钱、资源等物资的那位，就是跟罗斯福竞选总统时落选的那位。

在西方国家，竞选时咱俩是死敌，我跟你拼了，辩论的时候骂你，在底下弄各种小道消息，把你说成一个强奸犯，把你说成是一个有7个不同肤色儿子的爸爸，

Δ 在政治也娱乐的主题下说中美关系，必须承认中美关系有一个相对比较固定的轨道——好不到哪里去，也坏不到哪里去。两国之间经济上相互依存的程度越来越高，但政治制度层面的分歧仍然存在，而随着中国的发展，美国在全球战略中如何理解中国，接受中国，与中国并存，成为了20世纪80年代以来，美国历届总统必须面对的问题。大多数美国总统，尽管在选举的时候对中美关系说三道四，但是一旦当选，选择的都是一条维稳中美关系的道路。

看过马克·吐温的《竞选州长》，了解田纳西新闻界一些事情的人都明白，那就是早期美国选举时的样子，造谣，泼脏水，冲报馆开枪……

美国刚刚民主化的时候，一定会出现造谣、诬蔑、泼脏水这些事的。其实挺好，虽然矫枉过正，但就是让你候选人一点瑕疵都不能有，你没瑕疵还给你泼脏水呢，你要有一点瑕疵，被逮着弄一个死都不算什么。这导致所有想从政的人，从第一次，比如当工会的干事开始，就得一点瑕疵都没有。一路走上来，先当工会干事，然后当工会的什么主席，然后当议员，议员上来，可能中间当个州长，最后当了总统。美国州长上来的总统是最多的，参议员上来的总统少。因为美国人虽然不太关心选举，但基本上有一个概念，就是州长至少管过一个州，花过钱，欠过债，批过条，参议员就坐那儿听，没真正干过。虽说参议员出身的总统不多，但都是特优秀的，比如肯尼迪、奥巴马；州长出身的总统也不少，比如里根、布什、克林顿等。

历任美国总统中帅哥很多，像里根、克林顿、奥巴马都是，但最出名的总统帅哥，是第 14 任总统富兰克林，人送外号“美男子富兰克林”。不止他一个人有外号，几乎每任总统都有外号。比如第 22 届总统格罗弗，在第 1 任的 4 年里，行使了 414 次否决权，比 21 位前总统总和的两倍还多，人称“否决总统”。再比如第 15 任总统詹姆斯，他终生未娶，被称为“老光棍”。第 21 任总统切斯特，特别喜欢款待宾客，被称为“好客巨子”。第 42 任总统克林顿，喜欢折中，不喜欢对抗，遇事绕圈子，叫人捉摸不透，被称为“圆滑的比尔”。这样也好，一人一个外号，谁也别笑话谁。有个别的，小布什一人有两个外号。他因为反恐，被一部分人称为“坚定有力的反恐斗士”，大部分人则称他为“只会蛮干的牛仔”。

这届总统选举，有一个特别有意思的地方，就是 4 位候选人都不是 WASP(White Anglo Saxon Protestant，白种的盎格鲁 - 撒克逊新教徒)，这在美国历史上是从未出现过的一个先例。虽然历史上出现过不是 WASP 的总统，比如肯尼迪总统是天主教徒，他因为个人过于优秀而当选，艾森豪威尔总统是德裔，不是英裔，不是盎格鲁 -

撒克逊种的，但绝大部分总统都是WASP，都是信基督新教的，肯尼迪的对手（即尼克松）是，他自己虽然不是，但从来没有出现过2个正总统，2个副总统，4个候选人都不是WASP的。这4个人里虽然有一个新教徒，就是奥巴马，但是WASP第一个字母是W（White），奥巴马不是白人，所以他不是真正意义上的WASP。他的对手罗姆尼是一个摩门教徒，肯定不是WASP，因为他不信新教。另外两位副总统候选人都是天主教徒，天主教徒在美国是很少的，美国绝大部分人是信基督新教的。美国这个国家的来源就是因为当年的新教徒在欧洲被天主教徒欺负，才上船来到美国这个地方。美国那些先贤们很伟大，胸怀宽广，高瞻远瞩，而且没有去谋任何私利，既不谋求自己当总统，也不谋求说我是曾经被迫害的新教徒，我们新教当国教了，天主教徒也要受一受迫害，当年你怎么对我，如今我就怎么对你，没有。

新教是美国立国时一大部分人的精神基础，而且在美国宪法修正案第一条里就写了：国会不得制定“确立一种宗教或禁止信仰自由”这样的法律。因为他们是被宗教迫害才来的美国，就是他们永远记得他们这些新教徒当年在欧洲被迫害的事情，坚定地在宪法里写道不能设立国教，任何时候不能由宗教来影响这个国家。但是传统上投票的人 WASP 占大多数，都是 WASP 当选，这一次居然出现 4 位候选人都不是 WASP，这是美国建国以来破天荒第一次，说明美国人民已经抛弃了过去很多成见，首先选择奥巴马那一届，种族歧视已经抛弃了，奥巴马好歹还是新教徒，这回宗教也不管了，大家都来吧。**再往后，我觉得某一天来个 Asian（亚洲人）脸，也不是什么很奇怪的事儿。**Asian 脸就在秘鲁当过总统，秘鲁人民全是西裔的，选了一个藤森（阿尔贝托·藤森，日裔秘鲁公民，1990 年 7 月至 2000 年 11 月出任秘鲁总统，是秘鲁第二位亚裔总统）当总统。

在美国，总统虽然更多时候只是个形象大使，但他毕竟代表着中央，他得管理下面那 50 个州，那他怎么管呢？

美国跟我们从秦始皇时代开始的中央集权传统不一样，是完全倒过来的一个国家，就是从下面开始建立起来的一个国家，是人民开拓边疆，自己决定在那儿定居的，

△ 严格来说，亚裔在美国的参政热情仍然不高，因为主要都从事着专业技术岗位的工作。这一方面是和亚裔文化联系在一起，另一方面也和美国新教中心联系在一起。现在在美国西海岸的加州、华盛顿州，都出现了亚裔市长、参议员甚至是州长，也出现了亚裔部长和州议员。但是参选总统，需要经过财团、政党、舆论的多重考查，亚裔仍然任重道远。

然后弄一个 Town（城镇），然后几个 Town 变成 City（市），几个 City 变成 County（县），几个 County 变成 State（州），State 多了以后，就变成了 United States，United States 就是把我们大家团结起来。过了好几年，最后说我们雇一个人为我们服务吧，才有了第一个总统乔治·华盛顿。

每一层往上的时候，首先人们想到的是限制你的权力，你只是为我服务的，比如共同弄一个 City 的时候，就先想到给 City 弄一个头。美国是全世界罕见的一个完全从下边起来的民主国家，下层的政治体制，有很多特别之处。美国的市分好几种，这儿的人民决定成立一个什么样的市，这个市就是什么样的。为什么同样是从美国回来的海归，大家还是能吵起来？因为美国是一个大象，住在东岸的和住在西岸的，住在南部的，完全不一样，有的人摸着了美国的鼻子，有的人摸着了美国的屁股，有的人摸着了美国的大腿，所以回来的人说起来，美国哪里都不一样。没有人能真正把美国每个地方都生活一遍。

我主要生活在加州，我们那个市，是一个叫作 Council mayor 的市，就是有市议会，有市长，是双选举制，人民既选市长也选议会。普选的时候，我们那个才几千户人家的市，跟纽约市那种几千万人口的大市不一样。美国中央政府没有任何权力往下管,那州长呢,州长是我们州人民选的,凭什么管啊？美国总统跟州长也不是上下级关系，美国总统是我们选的，为我们服务的，州长也是，都没权力管底下人民干什么。

州长都是州人民选的，总统没权力对他做任何管理，只能抗议他，说这个州长怎么这样，发表一个谈话，但是管不了他。如果有几个州的州长跟总统是一个党的，党内的开个会还能聊两句，要是别的党的州长，总统更管不了了。奥巴马执政下的好多州的州长是共和党的，他就更没权力管这几个州的州长什么。人家说我是共和党州长，你民主党的总统，凭什么管我啊！美国人民最怕有一个独裁者来弄自己，所以时刻警惕着，有的州就是委员会制，没有市长，就选了一个委员会，同时肩负议会跟市长的职能，几个委员轮流管，你分管一块儿我分管一块儿。

最近一些年来，大量的市改成了一种

Δ 议会经理制度，是美国的地方民主和职业官僚相结合的产物。从设计本身看，是希望一方面保障民权，一方面保障行政效率。这个制度主要在西海岸推行。

从美国官方数据来看，截至2012年，全美有超过84955个地方政府单位，大多数地方政府单位，主要承担的是市政、消防、治安、卫生、水电等管理工作。这些年大家从新闻中看到的地方政府破产，也是常有的事情。地方政府破产，最大的问题是市政管理陷入困境。而职业管理人，虽然不能在制度层面上解决这个问题，却可以部分解决选举游戏的问题。

新的制度，就是Council Manager制度（议会经理制）。Council Manager是什么呢？因为发现民选的这个人，通常是一个老好人，一个绅士，大家很喜欢他，可是当了市长以后，发现他没经验，管理能力不够，虽然每次他竞选的时候，大家觉得这个人很好，捐资助学什么的，就选他了。这就是所谓的民意和真正的行政效率之间的问题。一民选就扯皮，或者选上的人没能力，奥巴马就有点像没能力那种，因为他是参议员出身，他没有做过市长、州长等。那最后怎么办呢，就变成我们只选议会，由议会去雇一个市长来管理，所以这个市长，其实就是Manager（经理），他不叫Mayor（市长），就是市经理。他没有任期，就是一个雇员，是人民雇的一个市长，但这个市长会管理。那些乡绅们说，你捐资助学，那我们选你当议员就好了。所以由市议会拿着人民的钱，去雇一个经理来管这个市。这种类型的市在美国越来越多，很多市就只选议会，然后议会雇市长，任期其实是无限制的，什么时候你干不好就解雇你，再雇一个人。再说任期制也有一个问题，这个人干得挺好的，大家都觉得他挺好，可是因为任期制他必须下去，换一个人，换一个人还没他好，怎么办？所以Council Manager 这个制度挺好。

无论几户人家，只要乐意，就可以成立一个市，但是得自己承担税费，美国之所以出现了富人区、穷人区，就是因为这些富人觉得，我们不想跟你们住在一起，我们纳税，你们那儿医保什么的都没有，我们干脆自己成立一个市算了。于是富人们自己成立了一个市，几十万人的市，变出一个几万人的市，这几万人的市里又有一堆富人，说我们还不想跟你们一起，我们又成立一个市，这个市越来越小，最后这个市就几千户人家。可是我们愿意负担这个税，我们就这几千户人家，愿意成立市政府，愿意多纳税雇市长，多纳税雇市里的所有服务人员，一旦经济不好的时候，把他们都解雇就行了。我们那个市现在就没有市长，也没有市政府，什么都没有。

还有一种特怪的管理制度，就是Unincorporated Area，无组织地区。我们现在这个市就是，经济一不好的时候，大家一公投说我们不要市长了，也不要市政府了，于是就没了。

大洛杉矶地区（Greater L.A.）一共有 88 个市，最近这几年经济不好，已经有 37 个市变成了无组织地区，那怎么办呢？没市政府谁来服务啊？由县来代管，就是每个县（美国的县在市上面，通常管辖着几个市）代表各自的地区，选出一个 Supervisor（区长）。

Supervisor 通常不是一个人，我们那个县就有 5 个 Supervisor，这 5 个人是平级的，相当于还是委员会，每个委员管点事，他们现在越来越累，因为有这么多市都已经没市政府了，都要由县来代管，所以我们的公共服务，消防警察什么的，都由他们代管，省了我们的房产税。房产税是交给县里头的，县里头再拨给各个市；消费税是州税，州里面的开支是拿消费税，所以我们废除了市政府，其他税也没低，就是消费税还是那么多，所得税还是那么多，但是我们的房产税低了。房产税低了，大家就觉得负担轻一点，就是多跑点腿吧，比如自来水这种公共服务，电当然是电力公司的，那是商业行为，但是像水、垃圾，是公共服务，这不是私营来服务。我们就跑到邻居的一个市去，去那里登记，领垃圾桶，大家说那我们也愿意，我们省了房产税。美国是一个越往下权力越大的地方，实际上按美国的宪法，有一天如果绝大部分州决定不要这个中央政府了，也是可以的。没总统也是可以的。

最开始美国人只爱州，就是我只爱我的州，你那个联邦政府只是一个服务机构。问美国人是哪儿人，他会说我是加利福尼亚人，我是佛罗里达人，我是纽约人。联邦政府一直不遗余力地推行爱国主义教育，美国人才渐渐有了国家这个概念。其实每 4 年一次总统选举，对美国来说，就是一次爱国主义教育和狂欢，选上谁不太重要，谁选上制度也不变。但是每 4 年还要选一次总统，为什么啊？就是造明星啊，爱国啊，为自己的制度骄傲啊。还有战争，战争是空前凝聚这个国家爱国力量的，除了内战以外。内战分裂极了，能清楚地看到美国人如何爱自己的州，譬如西点军校，大家都是同事同学，一个宿舍的，可南北战争一开始，这宿舍马上就分道扬镳：我是南方人，我是弗吉尼亚人，而且立刻就回弗吉尼亚去当兵；你是北方人，你是缅因州人，你立刻到北方去当兵，咱俩战场上相见的时候，那对不起，不客气了。校长是南方人，罗伯特·李，马上从西点军校回南方当南军总司令，教务长是北方人，然后马上就到北方军队里去服役。

△ 一个国家的建立，基础是非常重要的。契约精神、法律精神和人本精神，再辅以新教信仰是美国立国的重要基础。因此在美国作为联邦制国家建立的过程中，联邦和各州以契约形式约定的各种责任义务，三权分立中对于法制的尊重，以及地方自治和民兵组织的形成完善，都为美国的联邦制度作出了极好的注脚。南北战争时的这个故事，恰恰说明美国的政治本身，是基于这三者的。当然，在反恐、国家安全的借口下，美国政治权力也有扩大化的趋势。

最逗的是，南北战争时突然征了很多兵，几十万，然后得训练，可训练手册是从西点军校拿来的，罗伯特·李说写这本书的是一个北方人，这个版权去找他要，估计他不会授权吧。他说那不能印，这东西人家没授权，我们能随便印吗？美国人对知识产权的重视都到这地步了，都打仗了，拼了，最后印点那个作战手册之类的，竟然还得想版权问题。

今天大部分美国人非常以自己是美国人而骄傲，其实应该说是先贤们设计了一套好制度，这套好制度让这个国家的人民越来越爱这个国家，从开始爱自己的 Town，慢慢开始爱这个国家。虽然宪法规定，有多少个州以上投票说我们解散就可以解散。所有联邦制国家的宪法都有这一条，就是大多数州决定不要这个联邦了，那就还是回到各州的状态。所以美国总统管州长，绝对管不了。不要说对方党的州长，就是你自己党的州长也管不了；州长也管不了市长，因为市长是市民自己选的，你不能撤他，我们选的我们撤，我们选的凭什么你撤啊？很多官总统都无权免职，因为是民选的。民主是一个成本很高的东西，要花很多钱，所以有些穷的州，大家就说咱们就别那么民主了，选一个州长得了，剩下的官都由他任命吧。

其实这就是人民的选择，人民决定说给你独裁权，州长你去任命那些官，他去任命，他任命他能撤，比如警察总监、教育总监。但是富的州，选票特别长，就是你选总统，选州长，同时还要选教育总监，选警察总监，选法官。去投票的时候，为什么一进去大半天，因为他要选一大堆人，同时还要为一些公共政策投票，比如要不要削减教育经费，这些都在这张选票上，你也要去勾那些东西。每到选举的时候，其实是每个人发表自己看法的时候，因为选总统的同时，还要选众议员，还要选三分之一的参议员，还要选本州一堆乱七八糟的事儿，加州就特要命，因为有钱就特民主，加州大量的官员都是民选的。总会计师是加州民选的，他就不给州长钱，州长说我要钱，会计师说我不给你，因为你这个超出预算了，没钱。你也不能撤我，因为我是民选的，警察总监、教育总监都是民选的，所以民主就是这样一个自然选择的过程。

人们有钱了，就制定更多的制度来约束独裁者，不想让州长权力大，就民选一大堆官在周围，那你就没办法了；如果没钱，有些州的州长当好几十年也没问题。美国是一个特别有意思的地方，每个州，每个地方都不一样，我相信有很多海归会说，你说的这个不对，我住的那个地方不这样，这很正常。美国是各个地方的人民自己选择制度，中央政府只规定各个州，不管采取什么制度，都不能是独裁制度，一定要是共和制度。除此之外，中央政府对各州就没有任何权力了，唯一的权力就是规定你不能成为一个纳粹州，那是不行的。只要你还是采取共和制，在每个州里那就不受限制，剩下的你怎么选都行，你说我们这个州要8个州长，没人管你。

总统管不了州长，州长管不了市长，都是被雇的。州长是被雇的，总统也是被雇的，总统拿那几十万美金，不就是人民纳税的钱吗？都是被雇的。美国每一个官员都清楚地知道，自己是被雇的。纳税人经常指着他鼻子骂：我是纳税人，我雇的你。美国政府唯一态度最恶劣的官是移民局的官。移民局的官怎么骂你，你也没办法，你不能指着他的鼻子说，我是纳税人，我雇的你，因为你是移民，你还没纳税呢。所以去签证，下面签证的领事都是移民局来的，现在已经归到国土安全部了，反恐以后，态度更恶劣了。但是如果上楼，到二楼，美国公民服务处，那完全是另外一派景象，你可以随时指着他鼻子说，我是纳税人，我雇的你，他就没脾气了。所以除了移民局态度恶劣，其他地方在服务上都特好。

美国工会痛恨中国抢走了大量就业机会，认为这已严重影响美国内政。

被迫害的新教徒们建立了美国，却坚定地在宪法里明确规定这个国家禁止确立国教。

美国是自下而上建立起来的国家，每一层往上时，首先想到的是限制你的权力。

美国越来越多的城市实行议会经理制，大家只选议会，议会雇市长，干得不好就解雇你。

美国总统管不了州长，州长也管不了市长，因为是人民自己选出来的。

美国各州人民选择自己的制度和法律，中央政府只规定不能是独裁制度，除此之外没任何限制。

第七期
血脉相连的美籍华人（上）

破破的桥　点评

在美国，谁先到一个地方，那地方就以谁的名字命名，所以东岸都是各种前面冠以New的英国名字，就是**英国有个York，所以那儿有个New York，英国有个London，那儿有一个New London，New这个New那个，New Jersey（新泽西州）**，等等；西岸，尤其沿着Mission Road（教会路）整个这一带到加州北部，都是西班牙名字，因为西班牙人先到这儿，是Mission Road，传教之路，所以都是以San、Santa各种神的名字来命名的。华人出去一般比较低调，不命名什么，在美国，华人命名的城市，最重要的就是旧金山。旧金山，华人都管它叫旧金山，不管它叫圣弗朗西斯科，其实这是个西班牙名字，神的名字。墨尔本曾经叫过新金山，为什么呢？就是**因为先是在旧金山发现了金矿，那是华人第一次踊跃出国的大潮，华人对金子这玩意儿特别有感情，听见金子特别高兴。**

中美政府之间协议去的劳工，那时候都还不想去呢，最开始都是去修铁路的。我小时候看过一部电影叫《海囚》，就是和根据中美协议去美国的劳工有关的，人家还给你钱，给你好几块大洋，或者好几两

Δ 在美国这样一个移民国家里，城镇名和人名一样具备民族特征，东北部6州是早期英裔移民区，统称新英格兰地区，而宾州（宾夕法尼亚州）等地的大城市，如哈里斯堡、匹兹堡等，这“堡”（-burg）字后缀属德意志的命名习惯。中部路易斯安那州，则是纪念法国国王的。诸如此类的很多。

Δ 华工最早于1850年前后在旧金山从事采矿业，当时工资大约每月30美元，相当于清朝农民收入的数十倍。在利益驱动下，几年内，有数万劳工从广东等地出发入美务工。后来因种族歧视，当地政府逐步对华工加税，劳工流入减少。自1862年起，第二轮华人务工潮主因是修筑太平洋铁路。当时美国因禁止黑奴买卖，劳动力急剧减少，华工工资低效率高，颇受欢迎，当地对华工待遇再次放宽，苛税也被联邦政府废止。当今在犹他州、加州、内华达

州等地山区，依然能看见纪念当年中国劳工杰出成就的建筑。可好景不长，铁路修完后，美国再次出现歧视性的排华法案。

Δ 美国吸引华工的原因，可参考清朝时劳工输出公司的赴美招工广告：“美国人是非常富裕的民族。彼等对华人前往，极表欢迎。彼处有丰富工资，大量上等房舍、食物和衣着。你可随时寄信或汇款于亲友，我等可负责传递与驳汇，稳当无误。此是一个文明国家，并无大清官吏或官兵，全体一视同仁，巨绅不比细民为大。现有许多中国人，已在彼处谋生，自非一陌生地方。在彼处，承祀中国神祈，本公司亦设有代办。”（刘伯骥：《美国华侨史》）。

银子，给你弄上船去，然后拉到美国，那帮哥们还不去，先是斗争，最后被绑到船上去了，有的还跳海。

当时我看了觉得特别不理解，因为电影是20世纪80年代的，**说让你去美国，还先给你好几两银子，不让你交钱，你还跳海，还跟人家斗争什么的，不去。**到后来，同一块地方，当时抓猪仔（抓劳工）的那些地方，就是东南沿海，福建、广东，后来偷渡最厉害的也是那边，倒过来了，从人家给你好几两银子，然后出船出路费，到那儿还给你解决工作签证问题，还是合法的，你不去，最后等人家不让你去的时候吧，交两万五千美元，而且叫翘头两万五，什么叫翘头两万五？飞机只要一翘头，就是飞机前轮起飞了，这两万五就收定了；到了美国能不能进关，跟蛇头没关系，就是翘头两万五。就是出发，我只管出发，不管到了美国海关能不能让你进，反正手续给你办好了。

在美国，非法移民中西裔最多，就是墨西哥人最多，加勒比海一带的。因为他们离得近嘛，而且美国移民政策向来宽松，大家看**美国大选的时候，谈到移民问题，**

谁也不敢说移民就不行，就滚出去什么的，都特别谨慎。奥巴马这次竞选的时候，一个重要纲领就是在美国生就是美国籍，跟着父母一起非法移民到美国的，来的时候是幼儿，给他们这些人大赦，给他们身份，等等。

Δ 在美国，想变更移民法律很困难，涉及复杂的利益纠葛。这方面的提案雷声大雨点小，中文媒体经常登出各种美妙的美国移民政策，其实它们大多只是构思，随后便悄无声息地死在议院表决程序里。

美国对移民有两种心态。一种当然就是需要人民，美国就是移民建立起来的国家，一旦对移民狠了，大家就上街游行，说我们每个人都是移民，我是从英国来的，我是从德国来的，我是从意大利来的。再有一种就是美国对西裔移民心里有愧疚，因为**美国最大面积的4个州，原来是墨西哥的地方，你看那地名都叫San什么什么的，**不像英国人来建一个城市，都叫New什么New什么，所以美国人觉得自己抢了人家土地，得克萨斯州，新墨西哥州，听着州名就知道本来就是墨西哥人的地方。现在墨西哥人来这儿追求梦想，当然墨西哥人心里也想，当时墨西哥人拼了老命跟美国人打，而且出现了无数个战斗英雄，包括军校的一些中学生，在一个山上全部壮烈牺牲，结果被美国占领的那4个州成了最富饶的4

Δ 美国有1000多万非法移民，其中墨西哥人占六成，主要分布在加州和得州一带。这些地方原为美墨战争中美国吞并的领土，墨西哥人认为这些本来就是他们的土地，偷渡得心安理得，常回家看看嘛。

个州，人人拼命挖地道、做气球，用各种各样的方法飘过来。所以美国对移民始终比较宽松。

除了西裔以外，华裔也有大量非法移民。首先因为我们人口多，往哪儿一跑就一大堆人，再一个，我们很多地方是有漂洋过海这个传统的。在美国，非法移民是属于比较好的那种人，就是非法移民为了获得美国身份，一点罪都不敢犯，因为在**美国全国的警察都不能无缘无故查人民身份证，那是非法的**。所以你是非法移民没关系，走在街上，警察没有权力查你身份证，只有你犯法了，他才有权查你身份证。

非法移民在美国，顶替美国人干那些美国人不爱干的、最脏最累最差的活儿，拿几块钱，就是低于最低工资的那种。最低工资在加州是7.95美元，非法移民3美元可能就干了，大家也睁一只眼闭一只眼，你又没有去抢人家律师的工作，没有去抢人家医生的工作，工人你也当不了，你没驾照，你也没法当卡车司机，所以做最苦最累的活儿，最守法，所以非法移民在美国并不是一个大家很痛恨的问题，除了经

Δ 在美国，警察不能随意查非法移民，否则属滥权违法。比如警察在公路上拦下一辆超速汽车，结果司机没有美国驾照，递上一份墨西哥驾照，那谁都知道多半是非法移民，可警察还是不能抓，只能开一张对方肯定不会付款的罚单。加州近年曾试图通过法案更严厉地筛查非法移民，但均胎死腹中。因为很多议员，其父母或祖辈都是移民甚至非法移民，对敌视非法移民的法律十分反感。

Δ 非法移民不能合法工作，只能打黑工，收入全部逃税。生病没有保险，只能去医院急诊，并填写假身份以便逃掉医疗费用。因为拿不到驾照，只能无证驾驶。这些事情均违法，只是与黑人相比，非法移民暴力重罪相对少。墨西哥人很穷，但他们踏实肯干。同样穷困的黑人，往往相反。

很多当地人反感非法移民，因为这些人多半不交税，却抢当地人的工作，小孩白吃美国福利。

济不好的时候。每当经济不好的时候，你抢了我几份工作，本来我不想去扫地你去扫，现在我不能当卡车司机，我想扫地了，你滚。大部分时候还是让你去干脏活儿累活儿。

非法移民低档次的生活环境、卫生习惯、道德水平，均遭人厌恶和诟病，但他们又是廉价劳工的来源，利弊参半。

美国的罪犯和 Homeless（无家可归的人），都没有非法移民。洛杉矶有一条街叫东六街，那上面站满了各种 Homeless，你去那儿都特吓人，就这样看着你，一天也没事儿干，就等着教堂开门进去睡觉，然后等教会给饭吃，然后领政府一个月 800 块钱的救济金。往里头一看，纯种美国人，全是黑人白人。非法移民为什么不去当 Homeless、要饭的？人家来就是奋斗的，想过这种生活，干吗来美国啊！想要饭，在哪国不能要啊！人家来是为了过好日子的，Homeless、要饭的，那都是美国人，其实有一部分美国人是把这当作一种生活方式的，他喜欢，他觉得那样自由。

据说国内最大的一条华人非法移民路线，是从南方某港出发，通过集装箱船到洛杉矶的 Long Beach（长滩）港。Long Beach 是洛杉矶一个巨大的港口，就在洛杉矶南部。大概也是 20 多天的路程，也是两万五，你坐集装箱去，是两边都买通好，这边买通好的人值班，才能出发到那边。这个集装箱若放在集装箱船最底下，他们就闷死了，因为一个集装箱里好几十人，吃喝拉撒睡，20多天都在那里面；若放在顶上又会被太阳晒死，因为船开过去的时候，沿途会经过各种各样炎热的地方，必须放在那个集装箱船侧面的某一个位置，有通风口，这样既不会在上边被晒死，也不会在底下被闷死。

到了 Long Beach 港，还要放在那儿，等到那边被买通的人值班，最长的时候等过一个礼拜，就在那个港口，堆集装箱的地方堆着，都说这里面是货，是中国产的衣服、拖鞋之类的。然后等到被买通的这个港口的人值班，才能把这个箱子拉出来，然后说这个是报关的，出关，然后进来。非常非常艰苦。

我曾经在不知道的情况下，雇过一个非法移民，他让我很感动，他为了来美国，辗转于太平洋上4个小岛国，那些小岛国是美属领地，辗转经过这些地方，最后到了美国。他的梦想就是当一名摄影师，当一名记者，当然他很艰苦，在那儿什么都干，又会按摩，又会做饭，又会带孩子，什么都会，骑个自行车，洛杉矶那么大一个地方，骑自行车非常辛苦；他还做过月子中心，他就不叫月嫂了，就是**在月子中心里做饭**。正好我孩子出生的时候，我说我想请一个能给产妇帮扶的人，因为美国女人不坐月子，所以我就请他来，我还奇怪，他要的工资还挺低，后来才知道，他是非法移民。

Δ 月子中心往往用于“产子移民”，是法律的灰色地带。每年中国大约有4000人来美国生小孩，意图让孩子拿到美国国籍。

他的爱情也很惨，是非法移民之间的恋爱。他给我讲了很多那种很伤感的事情，有一天在我们家哭了，50多岁的一个人，半边脸都点了很多紫药水，我说你干吗，他说我点麻子，我说点麻子干吗啊，花了那么多钱，用了一个月的工资点麻子。他说我女朋友被人抢走了，说那人就是长得比他好看点，也是非法移民。如果非法移民的女朋友被有身份的人抢走了，他们一句怨言都没有。**因为他们觉得人家有身份，女朋友跟他结婚了以后，她能有身份，那就应该跟人家跑，**他们自己一年到头攒的所有钱，都交给那些黑心肠律师，有点像祥林嫂，就是每年挣的钱要捐门槛。

Δ 留学生群体也类似，男多女少，拿绿卡困难，爱情婚姻、稳定生活都成问题。很多男生选择在国内紧急相亲，找个年龄相配的女孩结婚，然后通过F2陪读签证带往美国，这被称作“外F”（F指学生签证类型）。由于无感情基础，利益考量优先，女方在美国工作社交，这样的家庭，矛盾往往既多又怪。

我经常跟他讲：你为什么要相信那些

律师呢？律师永远跟他讲，你再拿多少多少钱就可以办身份了，然后每次都跟他说缺点什么东西。每年辛辛苦苦打好几份工，然后从我们家走了，还要去干别的。最后钱都交给律师，就是黑心的律师。然后等大赦，大赦大概很多年都没有了，就是大赦非法移民。结婚又拿不起钱，**因为结婚入籍的话，大概要30000多美元，又攒不到那么多钱，非常艰苦。**然后自己用所有的空闲时间，去所有的同乡会，给人家拍照片挣钱。

Δ 非法移民想转为合法，只有三条路：和美国公民结婚，申报难民，等待大赦。其他方法基本都是骗人的。由于已经约30年没有大赦，实际能走的路只剩两条。蛇头、黑律师等往往会放出各种真假不明的利好消息，来诱惑偷渡者支付费用。

有一天他跟我说要去采访奥运会了，他从一个小小的华人报纸谋了一个记者证，他说他的梦想就是当记者拍照片。我开始都没当回事儿，我还问他，你到中国去怎么回来啊，你是非法移民啊。他说那我就再想办法吧，反正我能来，我就再来，但是有这个机会能当记者，是我一生的梦想。我说那你去吧。本来我们都没当回事儿，结果真的在奥运会的时候，我们在洛杉矶闲着没事儿看看奥运会，新闻发布会什么的，然后有一天，徐静蕾还在我们家做客呢，突然电视里报道，下面请美国记者谁谁谁——名字我就不说了——提问。

我们全家都大吃一惊，真是他。后来我们特别感动，他真的特别努力，真的就在奥运会上提了问，而且还被电视转播播出来了，我们特别感动。

非法移民其实是非常艰苦、非常执着的一群人，当然很多人说你汉奸啊，那不管了，每个人对自己的生活，有一个最基本的权利，就是自己奋斗，去自己想生活的地方，去梦想的地方。非法移民在美国占了很大比例，他们通常都是奋斗很多年，最后终于拿到身份，然后**开一个餐馆，最早是开一个洗衣店，然后就开餐馆，**非常低调，因为他们习惯性低调。

再回头说，最初是在旧金山那个地方发现了金矿，华人踊跃前往，所以在美国，英文里有一个词叫 Fourniners。Fourniners 的意思表面上看是 49 人，其实是在说 49 年的人，就是淘金者的意思，因为是 1849 年在那儿发现的金矿。淘金不光是力气活儿，还得勇武，那时候的旧金山是新开发的地方，警察什么的都跟不上，你不但得挖出金子来，还得护着这个金子活着回去，所以那一帮最勇武的边疆开拓者，去淘金的人，被叫作 Fourniners，也是旧金山现

Δ 因教育程度低和工作受限，非法移民主要从事服务业。在餐馆里刷盘子，做服务生，在超市拉货、收银。正常的中国人并不会去骂一个在异国他乡刷盘子的华人是汉奸，但他们恐惧的是国人的职业歧视，回国时往往只谈收入，却隐瞒自己的具体工作。高喊劳动光荣，却认为刷盘子是贱业的人，在中国比比皆是，美国人很少这么看，勤劳、自食其力就好。

在最强的一个球队的名字。旧金山的篮球队不够强，但是橄榄球队特别强，就叫作“旧金山 49 人”队。我们翻译成“49 人”队，其实应该翻译成“旧金山淘金者”队，这个 Fourniners 里，就有大量的华人在那儿，第一批冲过去了。

最初去的华人都不带老婆，都是哥几个去，凡是不带家属去的，最开始在美国都不是真的移民，他们就是去赚钱，去工作，然后还要回家乡的。所以最开始男女比例极度失调，基本上就是男的打光棍，然后有个别长得挺好看的，能娶个当地的妇女，估计也不是当地长得好看的妇女。因为华人的身体、长相各方面，包括性格，都不是最受西方女子欢迎的。华人不够奔放，也不是很阳光，然后还挺财迷的，特爱回家数钱。

Δ 美国各大城市里的唐人街，多为历年移民而来的穷苦华人居所，脏乱差是有名的，其中纽约的唐人街环境最糟，人行道上沿街有很多叫卖的水果摊子，路边满是污水和果皮纸屑。这让很多国内来的游客失望，也招致针对华人公共意识的批评，但这些意见往往来自国内富人、官员或知识分子，底层华人喜欢的是法拉盛这里便宜的物价和服务，还有自由的生活。

去了美国的华人，主要集中在几个大城市的贫民区。华人在那儿始终被歧视，有点儿像犹太人在欧洲，反正不允许你有土地。华人最能干的一点是种地，在美国就没办法施展，只能在大城市待着。Chinatown 就有点贫民区的意思，就是在美国很多年很多年，你说 Chinatown（不像今天人家说这儿有点好吃的什么的），人家觉得就是乱七八糟的，脏脏的、乱乱的那么一个地方，都在每一个城市的中心地带。美国跟中国不一样，中心地带都是穷人住，富人越住越远，所以纽约就在曼哈顿，然后洛杉矶有 Chinatown，最开始旧金山的 Chinatown 是最大的，因为淘金者都在那儿。但是后来在澳大利亚也发现了金矿，墨尔本就叫新金山，又有一大帮人跑到澳大利亚去了。中国人在国外不被允许种地，就只能淘金，再就是洗衣服，所以中国人非常坚忍。其实到今天也是，中国人出国后都非常坚忍，特别能奋斗，在美国很多年说起 Laundry，想起来就是华人开的洗衣店。

华裔在美国开餐馆的也不少，但还是洗衣店好干。首先，不需要启动资金，只要有一块搓衣板，一块肥皂，和一个熨斗就能开业。第二，不需要特别技能，长手就行。第三,一举两得，开个洗衣店，连住房问题都解决了，洗衣店前面洗，后面住。上班只要一分钟，可以天天睡懒觉，有一个问题不好办，就是语言不通。但华裔都聪明着呢，他们在纸上画出 1 美元硬币那么大的圆圈，大圈是1美元，小点的圈是50美分，中圈是25美分，最小的圈是10美分，收费的时候，就让客人看图付款。

最开始去美国的那一代人里有大批的爱国者，实际上到今天为止，第一代移民都是爱国的。其实不光是中国，其他国家的第一代移民，譬如日本的第一代移民也是爱日本的，第二代以下都是爱美国的，这就是美国强大的魅力所在。

华人的第一代移民一定是爱祖国的，孙中山就是其中杰出的代表，孙中山是拿美国护照的。辛亥革命的时候，各种起义，各种暴动，从黄花岗到各个地方，大批的爱国者都是第一批出国的人，都拿着外国护照，或者拿着外国绿卡，但是他们深爱自己的祖国，甘愿为祖国抛头颅洒热血，包括第二次世界大战的时候，大批的东南亚华侨也是如此。他们受教育程度比较高，回国效力的大多选择了空军。空军的飞行员，也是拿着外国护照来参战，血洒长空，包括大家都知道的林徽因、梁思成两位先生，在逃难的路上，收养过8个像干儿子一样的华侨，这8个人毕业以后参加空军，全部牺牲在祖国的天空。后来多了，比如钱学森先生也是爱国的华人，最终也回到国内报效祖国。

当时回到国内的爱国华人多极了，最近又是一个归国的大潮。今天网上的很多人很奇怪，说你拿了外国绿卡，你就是卖国贼，你就是叛徒，你拿了外国护照，你就怎么怎么着。当年推翻清朝专制统治，建立了民国的这个党那个党，前身叫这个会也好，那个会也好，全部都是在国外建立起来的。他们的主力干将都拿着外国护照，拿着外国绿卡，但都深爱着祖国，包括我说的第二次世界大战期间勇敢回国的那些人，包括这么多年来，拿着外国护照，为家乡捐资、助学、投资的那些人。中国的改革开放为什么比印度和俄罗斯、越南都要快得多，其实跟中国有强大的华侨群体有重大关系，另外还有香港、台湾的国人提供了大量的资助。那个时候，大家有血浓于水的亲情。

我就不再给大家列数据，说第一代移民出去的有多少是心向祖国的，到抗战的时候，有多少华侨回国，为国牺牲，有多少华侨倾家荡产。从辛亥革命开始，辛亥革命的主力经费，基本上都是海外华侨捐献的，印尼、东南亚的华侨，然后美国洪门那些华侨，就为了推翻独裁，让中国走向自由。我只告诉大家一个数据，汉奸百分之百都拿的是中国护照，这个数据是肯定的，汉奸汪精卫拿的就是中国护照，周佛海拿的也是中国护照，褚民谊拿的也是中国护照。**希望这一代年轻人至少能有独立思考的能力，不要人云亦云的，说谁去拿个外国护照，谁就是卖国贼了。**每个人选择自己生活的地方，是每个人最根本的权利，就是说我有权利决定我在哪里生活，这不是今天互联网上年轻一代的共识吗？这是一个最基本的共识，是每一个人的个人权利。

△ 卖国之辩无须多言，拥有什么，才可能卖什么，掌握国家权力、资源的人才能卖国。一介草民即便拿了外国的绿卡、护照，又有什么东西可卖？

在美国，每年过春节比在中国还热闹。中国过春节，大家自己放个炮，吃个饺子就完了。美国那春节过的，大游行，那个阵势，我在中国都从来没见过。那个时候不分中国的大陆、香港、台湾，也不分东南亚哪个国家的，比如越裔美国人，或者来自寮国的美国人（美国人把老挝叫寮国），他们里面的华侨在美国，不认为自己是越裔或者寮裔，而认为自己是华裔。第一代移民的凝聚力是非常强的。大家都爱这个祖国，春节的时候统一大游行，寮国华侨的方队上来，全都头上裹着那个羊肚子手巾，打着安塞腰鼓，全都白发苍苍，特别有意思。

在美国，警察不能无故检查人民的身份证，
而非法移民为了获得美国身份也不敢犯罪。

每个人都有权利为了自由奋斗，
最后实现自己的梦想。

“二战”时大批爱国华侨回国参战，很多参
加空军的飞行员牺牲在祖国的天空里。

年轻人要学会独立思考，不要人云亦云，
觉得谁拿了外国护照谁就是卖国贼了。

每个人最根本的权利，就是我有权利决定我在哪里生活。

第八期

血脉相连的美籍华人（中）

破破的桥 点评

海外华人和华侨的爱国热情，一点也不逊于国内人民，我举一个小小的、我亲身经历的例子，就是华人在海外保护奥运会火炬的传递。2008 年的时候，为了保护火炬的安全传递，海外华人都拼了，不遗余力，一些西方反动媒体反而别有用心，拍了大量火炬传递遭受劫难的图片和画面。

火炬在巴黎、伦敦传递的时候，我看了电视，很感动。我记得很清楚，2008 年 4 月 9 日，当时从南加州这边出发的华人有一大批，光大轿车就在高速公路上排成长队，然后北加州的华人倾巢出动。那天是非常精彩的，火炬路线一直没搞清楚，大家先聚在一个体育场里。两拨人马都在一起，我猜对方（反华者）倾巢出动的有三四万人，而且组织者看上去非常强大。我看见一个穿红衣服的，于是问他们这是干吗呢，他说我们是支持昂山素季的，所以我们反对中国和缅甸政府做生意。我说中国跟缅甸政府做生意，我们两个国家挨着，做生意还不行吗？互相卖个菜，卖点醋，弄点儿橡胶不行吗？他说那你只要跟它做生意，就变相支持了独裁政府，昂山素季就出不来了。我说那美国政府也跟全世界大量的独裁政府做生意啊，美国政府当年支持的南朝鲜李承晚政府就是一个独裁政府，跟越南也是，即便打越战的时候，美国还支持阮文绍那个独裁政府呢。

我印象最深的是年轻的留学生，因为我们这把年纪的都是移民。**留学生因为还不是移民，所以他们更有那种情怀。**我记得我碰见从加利福尼亚大学戴维斯分校来的留学生，戴维斯分校离旧金山还有一段路，北岛就长期在那个地方教书。从那儿来了大批学生，举着五星红旗，高呼口号。我们这些老移民喊的口号，就是中国队加油，就会干这个，谁谁谁下课，结果到了美国也一样。

Δ 留学生大多未融入美国社会，甚至不少人在生活中不关注美国当地媒体，只看中文新闻。

留学生或第一代移民，在美国的抗议经验严重不足，与当地人或者其他国家的移民相比是新手。除反复喊口号，做不出更漂亮的事，场面上吃亏。喊口号是必要的，但只会喊口号的队伍，还不如号子更整齐的施工队。

折腾了老半天，大家都不知道这个火炬要去哪儿，因为有几条备用路线，就是怕打起来，所以当时旧金山全城警察加班，虽然双方十几万人对峙，但冲突还是很少的。最后大家一直说，这个火炬怎么还不出来，还不出来，然后就喊口号。刘欢给我打了一个电话，说他在看 CNN 直播，说他们可能要走海路，然后我就赶快假传圣旨，说他们要走海路，结果数万华人就开始撤出来，往那个 Ferry Building（渡轮大厦）奔去。

因为走海路会从 Ferry Building 上岸，大批华人开始撤，撤了以后，对方没动，华人撤出来刚到旧金山 Ferry Building 这边，火炬就冲出来了，冲出来以后，走了一条事先没有公布的路线。但媒体却全都知道火炬要走哪一条路，因为火炬从那条路线一冲出去，沿线所有的机器都已经架好了，而且对方（反华者）也知道，所以看到播出的时候，就看不见五星红旗，其实五星红旗如海洋一般。因为对方都知道路线，所以对方就派了一大堆人，他们特别有战术，到旧金山 Ferry Building 那边堵中国人，然后这边华人听说火炬到那个路口，准备往那儿涌时，又出现了一大片堵截他们的人。就是说对方一部分人是追着火炬，一部分人到了旧金山 Ferry Building 那边堵华人。这边爆发了比较激烈的冲突，在体育场外，当时还比较文明，两边只是互相喊喊口号什么的，冲突虽比较激烈，但也没真的打起来，就是互相冲出去。

年轻人都很激进，我们一些英勇的年轻留学生，高举五星红旗冲入对方的队伍，然后对方也有一帮年轻人，也有一帮大学生冲入我方队伍，导致大家乱成一锅粥，最后那火炬刚到桥头，马上上车，然后过了金门桥，就去机场了。火炬刚一走，旧金山 Ferry Building 这边就爆发了大规模的辩论，年轻留学生们嗓子都喊哑了，一对一地跟各种美国人辩论，说你们受了西方媒体的愚惑，其实是怎么怎么回事，等等，然后一帮人发现了我，说高晓松你在这儿，你说去，你去跟美国人辩论。

我上前辩论，那个挺有意思，且不说政治倾向，只就辩论技巧来说，年轻人虽然天天搞辩论赛，但其实不知道对方的弱点在哪儿。我去辩论，我上前就先问：为什么今天来的都是白人呢？为什么你们队伍里就没有黑人，也没有墨西哥人？（因为墨西哥人在加州是最多的少数民族，加州原来就是人家墨西哥的地方，是 1848 年美墨战争美国打赢了，抢过来的。）

他们一看说：确实是啊！接着又说，他们也是支持我们的，他们也支持我们的人权诉求，我们来抗议人权问题，他们没空，所以他们没来。

我说叫我逮着了，这就是辩论，我说抓着你一个小辫子。今天是 4 月 9 日，星期六，为什么在一个公共假日，白人都有空，黑人、墨西哥人、少数民族没空，还要工作，说明这儿是不是也有人权问题？是不是？白人这么闲，光着屁股就来了，然后黑人、墨西哥人还得劳作。对呀！你们也有人权问题呀！

他们说，所以我们也反对布什政府，只要有人权问题，我们就反对，我们不光反对这国那国，我们连布什政府也反对，因为他也有人权问题。你还有什么话说？

我说，我当然有话说了，我说你看你们所有的牌子上都写着“反对中国”，可你们在第二次世界大战的时候，跟德国人打成那样，德国人把你们打死那么多人，你们也只写反对希特勒或者反对纳粹，从来不写反对德国、德国人什么的，为什么到了我们，就要写“反对中国”？我说你现在就是种族歧视了，你现在歧视我，你现在让我滚回中国，你就是歧视我，我作为美国纳税人我就有权利站在这儿。

最后也说不上谁辩赢了，谁辩输了，反正我觉得我辩得挺有意思。我们这些年纪大的人没那么激进，我们也就远远看着，被学生们拉过来比画两下，学生们是很让人感动的。留学生就应该这样，因为他们也没加入美国国籍，也没有美国绿卡，也没在美国纳税，没享受过美国的福利，那爱中国、爱祖国是义不容辞的，这是没问题的。

南加州来的人，大部分都是成年人，回去以后，因为CNN不是忽悠了大家一下吗，说火炬要走海路，导致刘欢给我打了一个电话，大家都跑到Ferry Building了，没接着那个火炬，然后就说回到洛杉矶开会，说要去CNN大楼抗议。

我本来不想参加的，后来大家说你一定要来，我就去了。然后大家慷慨激昂地说，怎么去包围CNN，要多少面五星红旗。我说这有点不太好吧，第一，媒体都是私营的，是吧？都有各自的立场，我们不能这么干。第二，在座的开会的全部都是拿着美国护照和美国绿卡的，我说我们这些拿着美国护照、拿着美国绿卡的人，高举五星红旗去是什么意思呢？我说如果去，就说我们少数民族的利益受了伤害，受了歧视。在美国，你只要打出种族歧视这面旗子，谁都不敢跟你对抗，因为种族歧视在美国是极其敏感的，敏感到什么地步呢？一个日本餐馆里的老板，不让两个华人员工说中文，被诉到法院，赔人15万美元。华人餐馆在美国，所有华人来都必须交现金，因为在美国所有美国餐馆都是可以刷卡、付支票的，只有华人餐馆不行，但如果你是美国人，你非要交张支票，他会收的；如果你是华人，他害怕你是非法移民或者是什么，你这张支票其实没钱，会Bouncing（跳票），所以他不收，就这一条就能起诉你——华人餐馆种族歧视，歧视华人。**但是华人从来不起诉这个事儿，日本餐馆歧视他他就起诉，华人餐馆自己歧视自己就不起诉了，自己人就别上美国人法院里弄这个事儿了。**

在美国，举起种族歧视这杆枪，打谁谁中枪，谁也不敢正面跟你对抗，**种族歧视在美国是个很严重的问题，**虽然人人心里都有，但是人人都不敢说。那天，以50岁以上的第一代移民为主的，全是拿着美国护照的，数千人包围了CNN大楼，然后我们中生代的，就在那儿看，我们在看热闹。第一代移民对故国或者祖国的感情就是这样一种感情，理性上说，我是反对去包围一家私营媒体的，任何人都有权利

Δ 留学生与初到美国的第一代华人移民，对这个国家的规则了解不足，文化上存在隔膜。媒体是怎样运作的？主流人群认同怎样的价值观？什么样的抗议形式能被社会接受，而不是增加人们的反感？怎样说服别人？这些问题，能回答妥当的组织者很少。

在美国，抗议往往针对政府机构或某些群体，很少指向媒体和法院，因为它们是社会中代表公正和信誉的第三方，更看重说理辩论，凭借情绪和团体力量攻击，只能展示一个怀抱偏见的群体形象。

Δ 种族歧视是武器，用好这个武器，上法院往往能战而胜之。但禁止歧视只是美国的政治主张，人们心中对某些群体的看法，不再会堂而皇之地公之于众，但并不代表这些看法就会消失。买房、租房，没人去黑人区，因

为犯罪率太高。美国公民的孩子与中国人恋爱，老头老太就要疑心对方是不是骗感情拿绿卡。要让这些看法改观，需要整个族群长期努力，做出成就，扭转形象，并非赢几场官司就可以的。

Δ 这种矛盾的“赴美爱国”心态可以看作一种“移情”现象。第一代汉族移民在国内毕竟是主体民族的一员，出国定居成为陌生国家的少数民族，从地位到心态都有巨大变化。游离于主流文化之外，整个社会在谈论的都不是你所认同、关心或感兴趣的，这是很痛苦的。在寻找依靠的过程中，人们会发现移民前的国度是如此可爱和值得依靠。

发言，任何媒体都有权利，你要说他说错了、种族歧视，你可以到法院起诉他，但是在美国，到法院起诉媒体，包括政府起诉媒体，赢的几率是极其小的，几乎没有什么赢的先例。因为美国媒体即使说错了，法院也不会判它什么，法院不愿意开这个先例，去限制媒体的言论自由，哪怕它说的真的是种族歧视，也很难判。**看到数千位白发苍苍的人挽起手来高唱五星红旗迎风飘扬，举着五星红旗，我们所有站在旁边看热闹的人都哭了，哭得跟鬼似的。**

后来我们说，这好像跟政治立场没什么关系，这就是乡愁。这就是第一代移民对于祖国的那种感情，你从小在那儿长大，你听着这些歌，然后你突然在异国他乡、万里之外的地方听到，一大群白发苍苍的人高举五星红旗，虽然兜里揣着美国护照，可那种震撼还是很强烈，我们人人都热泪盈眶。第一代移民都有着非常强烈的爱国心，所以大家千万不要觉得，拿了美国护照就是不爱国、卖国贼什么的，选择什么样的生活是个人的权利，但是爱自己的祖国，或者乡愁吧，却是一个根本的、基本的东西，像孝顺老人，像养育儿女，或像对爱情一样。

不要说中国是一个有五千年历史的国家，所以人们就爱自己的祖国了，我去过全世界很多国家，还没有见到一个国家的人民不爱国的，哪怕那个国家小得简直可笑，哪怕那个国家就是一个鸟不拉屎的地儿，那里的人民也爱自己的国家。我在全世界跑，还发现一个现象，就是越小的国家，越弱的国家，这个国家的人民越爱自己的国家。南斯拉夫分成那么多、那么小的国家，就是他的人民真爱自己的祖国。南斯拉夫实际上是被帝国主义硬拼起来的一个国家，那里的人原来都有自己的祖国，只是第一次世界大战以后，帝国主义开了一个会，跟南斯拉夫人民都没商量，就把几个国家攒起来，弄了一个南斯拉夫。最后独立的时候，大家都愿意为自己祖国的独立抛头颅洒热血。

2008年的时候，为了保护火炬的安全传递，海外华人都拼了，不遗余力，而一些西方反动媒体别有用心，拍了大量火炬传递遭受劫难的图片和画面。

大家要去CNN大楼抗议，我有不同意见。

如果你们要去，我反正不参加。

然后我给他们出了个更好的主意。

在美国只要打出这面旗子，谁都不敢对抗。

第九期

血脉相连的美籍华人（下）

破破的桥　点评

大家看奥运会都能看得很清楚，每一个国家，哪怕是一个小国，哪怕拿的是一枚铜牌，只要国旗升起，人民都是含着眼泪的。像中国这样一个有五千年历史的国家，第一代移民当然都是爱着祖国的，但华人有一个问题：**不是很团结**。在美国大家都住在一起，每一个民族都住在一起，犹太人跟犹太人住在一起，墨西哥人跟墨西哥人住在一起，韩国人跟韩国人住在一起，韩国人跟中国人也有很多是混居的，在纽约的 Flushing（法拉盛）、东洛杉矶的几个亚裔特别多的地方，韩国人跟中国人混居的非常多。当然韩国人有自己的韩国城，在洛杉矶，非常大，比中国城大多了，我说的是比 Downtown（市中心）的中国城大多了。但是不知道为什么，韩国人、中国人都不跟日本人住一起，就是中国人、韩国人住一起，日本人单独住。大家居住在一起，主要是为了生活方便，还有文化上比较接近。

Δ 在美国，华裔、韩裔、印度裔是亚裔移民中最主要的群体。我也常听华人抱怨说，中国人没有韩国人、印度人团结。这个说法似乎还没有靠谱的统计调查支持。若属实，多半是由于中国地域广大，人群混杂，贫富差距大，内部矛盾繁多，而留美华人的维权意识弱、组织经验差，不逼到墙角便不会反抗。在欧洲，华人因为资源争夺激烈，有些变得更团结，有些则变得更善于内耗。

中国移民问题比较复杂，香港人的口语还跟大陆、台湾不一样，香港人自己说广东话的通常会聚居，在洛杉矶比较典型的就是 Downtown（市中心）的 Chinatown

（中国城），都是说广东话的，东部大概有五六个City（城市），都是说普通话的，就是台湾人、大陆人在那儿住，比如Monterey Park（蒙特利公园），原来叫小台北；还有自己的富人区，比如在洛杉矶，富的华人住在San Marino（圣马力诺），穷的住在San Gabriel（圣盖博）这些地方；纽约也是，纽约市中心那个中国城，住的是说福建话的，就是在特别脏乱的那个中国城；说普通话的是在Queens，不在那个曼哈顿岛上，在皇后区，有一大片叫Flushing（法拉盛），然后富人也是单住，富人住在Long Island（长岛），所以他们不但有穷有富，还不太来往。

大家团结起来，大概只有三件事：第一个就是春节。春节的时候大家都放下所有矛盾，大家都是中华民族，连越南华侨、寮国华侨，都参加春节的游行。

第二个是出现严重的歧视华人事件的时候。华人（在美国）是少数民族，歧视华裔的事件，比如1982年被打死的那个华人Vincent Chen，两个白人把他当成日本人打死了。那时候，他们都住在汽车城——底特律。美国汽车减产，缘由是日本汽车抢占美国市场，他们俩特别痛恨日本人，就把 Vincent Chen 当成日本人给打死了。那时候全体华人团结起来，那是为了生存，为了这个少数民族在美国获得平等的权利。包括在 20 世纪 50 年代民权法案的时候，因为这次事件之前，一直有歧视华人的法案，不许华人入籍，不许华人移民，有很少的配额，等等；到了 20 世纪 50 年代，全美爆发民权运动的时候，华人也参与了。

第三个是我亲身经历的，就是同学会。清华同学会在加州是很强大的，10000 多人。然后台湾的清华跟大陆的清华，当然其实也是因为两岸分离的时候，清华老校长梅校长走了，到台湾去重新办了清华，这两岸清华隔了那么多年以后，在美国大家团结起来了。我们只有一个同学会，叫清华同学会，然后由两岸清华的毕业生，轮流当同学会会长。大概除了这三件事之外，华人就不是非常团结了。

华人跟犹太人在美国并列智商最高，受教育程度最高，以及收入最高。犹太人几乎掌控了美国最大的资源，包括政治资源。华人跟犹太人有着几乎相等的智商和人口，但华人参政的愿望并不高，因为不够团结。在美国当官并不是什么好事，不仅要接受各种调查，还得公布财产，等等。犹太人是一个团结的民族，很多人愿意挺身而出，当然一方面是因为理想，自然也是为了给自己民族谋取更多在美国的平等权利。各个民族在美参政的愿望中，华人差不多是最低的。华人在美国，确实也做到了州长，比如骆家辉州长，参议员有一个，但是没有日裔的多。日裔虽然人少，但日裔从政的级别都比我们高，日裔毕竟是为美国战斗过的民族。

（说到当兵，当兵多好啊，一人参军全家光荣。但那是在中国，外国很多国家征兵特别困难，政府想出各种方法引诱年轻人去当兵。比如日本，很多青年觉得，军队气氛太严肃，不愿意去当兵，日本自卫队就用日本最红的美少女组合的清凉照当征兵海报。以色列政府也是这么想的，他们直接邀请美女名模，还有以色列的世界小姐，到各个征兵点。你想看美女吗？来报名参军吧。

（不光是美人计，还有美食计。比如俄罗斯，俄罗斯的青年一代流行以瘦为美，俄罗斯军方觉得，太瘦会影响俄军的整体素质，所以在各地建立增肥中心，在那儿只有一件事儿——吃！ 吃成胖子跑都跑不动，还怎么打仗啊？当然能打了，比如英国军队就特别喜欢招募胖子士兵。因为英国军队有很多大块头的重型武器，只有胖子才能操作。）

除了当官的欲望不强，**华人参军的欲望也远低于其他民族，**他们不愿意为美国参军，更别说组成一个团浴血奋战，得10000多个勋章了。日裔的参议员们，大多都是第二次世界大战时的老兵，就是为美国战斗过的人，包括残疾的。华裔有过一个参议员，是从夏威夷州来的，夏威夷州是华裔比例最高的州，差不多占10%，其次就是加州。

骆家辉当过州长（华盛顿州州长），当过部长——商务部部长，还是大部长，当过大使。骆家辉当州长时的演讲，在华人中间，包括各个少数民族间广为流传，非常令人振奋，我听了也很感动。他说，我们举家从中国来的时候，大概用了一个月，行程10000里，但是从我从小居住的那个贫困的地方走到州长这座办公楼，大概只

Δ 华人参军欲望低，多半也是经济原因。在美国当兵需绿卡或公民身份，普通士兵工资每月1000到3000美元，加上特殊的军人保险，与受人尊敬的社会地位，对低收入群体很有吸引力。但对全美收入最高的华人群体来说，这点钱还不够塞牙缝。华人参与美国军队的方式主要还是在大学或公司里帮军队研发武器。

美国军力世界最强，但年轻人对枯燥的军旅生活并不感冒，征兵同样不易。军方买下电视台的黄金时段播放征兵广告，用激昂的音乐、煽动性的言辞来诱惑你。在广告画面中，强壮帅气的军人们，使用着各种高级装备，到处抢险救灾，在战场上保护孩子。

在征兵季，美国各大城市里，军队和小贩一样摆摊设点，招募人手并宣传自己。我在纽约时代广场上，曾见一群肌肉男赤膊在那里表演摔跤，颇觉有趣，看了几十分钟，等他们穿上军装，才知道是军队在做征兵宣传。

有3里地，但这3里地，我却走了50年。很感人，这就是一个成为现实的美国梦，虽然花了一个月跨越了10000里到了美国，但最后这3里，却走了好几十年，才最终走到了，从一个移民孩子到了州长的位置。

因为受到这个鼓舞，我还曾经在家里意淫过我自己有一天得奥斯卡奖时的演讲。我就说，我从中国到美国来，10000里花了13个小时，但是从我家住的地方，到这个领奖的地方——柯达剧院（现已更名为杜比剧院），20里，我走了很多年，准备了很多年。尽管有骆家辉，共和党有赵小兰部长，民主党这届政府还有朱棣文部长——能源部部长也算是不错的，然后也有过警察局长，也有将军，但总的来说，跟其他民族比起来，华人的参政愿望不高，**因为从政是一条很漫长的路，远比做点儿生意什么的要辛苦得多。**

△ 因为对政治权利、社会公共资源、群体利益表达并不敏感，政治意识低下，华人群体在历史上，在各个国家，尤其是东南亚，吃过很大的亏。犹太人同样曾经因此吃尽苦头。以色列最终建国，也是基于犹太人对纳粹大屠杀的锥心之痛。

华人在美国是非常低调的，很少跟其他种族做正面的对抗，不太像在欧洲的华人。欧洲的华人大多是从温州青田去的，他们在欧洲相当厉害。当然可能因为年头久，华人在美国才非常低调，低调到什么程度？通常不会跟人有什么冲突，就是吃点亏忍了。洛杉矶发生过一次大暴乱，警察打死黑人，然后法院判警察无罪，导致全城黑人暴乱，打起来的时候，所有华人立刻关掉餐馆超市，你砸吧，没关系。

因为华人区跟Koreatown（韩国城）永远是挨着的，Koreatown就是韩国人的城，就会看到两个民族特别不一样。洛杉矶暴乱的时候，所有华人就是砸我店、抢我店都没关系，我躲起来，我也不跟你拼，**可是Koreatown里所有的韩国人，全拿枪站在房顶上，黑人过来就跟黑人对射。韩裔在美国非常厉害，而且还经常能去垄断某个行业。**华人很少有团结起来，垄断一个行业的野心，基本上就是我们能各自生存就好了，然后同乡会里能互相照顾一下就好了。很多华人加入教会，通过教会互相照顾一下。韩国人特别勇猛，特别能战斗。那时候的《洛杉矶时报》天天登消息，白人都不敢上街，韩国人全都守护自己的餐馆跟超市，就在那儿拿枪守着，黑人过来，就冲黑人开枪，你伤了我，咱就一块死。所以韩国人跟中国人在美国一个重大的不同，就是韩国人团结，打起来的时候也团结，他们不是我拿枪守着我的店，砸他的

Δ 洛杉矶骚乱是因为警察殴打一名酒后超速驾驶并拒捕的黑人，并未打死。警察被控涉嫌过度使用武力。骚乱时，之所以韩国人堆起街垒，持枪集体防卫，是因为这些暴力行为，包括抢劫、纵火，主要针对的就是亚裔的店铺。很多黑人歧视亚裔，同时又嫉恨亚裔拥有的财富。

店我就不开枪了，韩国人是一起守着那个Koreatown，你只要来砸店，所有韩国人都冲你开枪，不是说我只守我自己的店。你要只守自己就全完了。

中国人就不一样了，像我们那一片修车的，全都被亚美尼亚人垄断，每次修车打电话要零件，他们都用一种特怪的语言，我听不懂，后来我说你们是哪里人啊？回答说我们是亚美尼亚人。华人在美国大概只垄断了一个行业，就是中餐馆，因为这个行业别人也没法垄断。

华人在美国几乎没有垄断什么行业，不是说Laundry（洗衣服）的全是华人，或者卖房子的全是华人，或者卖保险的全是华人，这些都不是，华人没有垄断什么行业。因为华人都是各干各的，小小的同乡会是有可能，但是同乡会越往北越不团结。在美国特别清楚地看到，广东、福建的同乡会，都以县为单位，就是每个县都有同乡会，一个县的同乡会非常团结，越往北越不行，到我们北京同乡会，就已经很不团结了，北京同乡会我参加过两次，非常不团结。北方各省的同乡会都不团结，而且都是先来的歧视后来的。

美国人是这样，他们很少感觉到华人的存在，大部分美国人认同的华人，都是到美国的知识分子。普通美国人一般分不出华人、日本人、韩国人。我问过很多美国人，听得出来那个语速特别快的是日本人吗？然后那个说话特有劲的是韩国人，后说话那样的是中国人？他们说我听不出来。对他们来说，一律都叫 Asian（亚洲人），他们说的 Asian 不包括西亚那些人，他们说的 Asian 就是中、日、韩这三个大民族，还包括越南、菲律宾、印尼一带的，他们统称 Asian，他们分不出来这几个国家的人。就像我们也分不出来黑人是从非洲来的，还是从加勒比来的，其实他们还是分成两种。犹太人也分成从德国来的和从东欧来的。

华人第二代以后的生活方式，已经完全融进了美国的生活方式，包括他们恋爱的方式。第一代华人，谈恋爱还都很腼腆，还都保持中国恋爱的传统，恨不能还有人介绍对象呢。第二代开始，就跟美国孩子一模一样，从中学开始，就是那种 Party 生活，就是谁家爸妈不在（就跟电影里看的差不多），就跑到那家去，两天两夜

Δ 第二代移民的各项特征都会向美国主流社会靠拢。例如第一代移民中，中东人、墨西哥人生育水平特别高，没事就生一堆孩子，而华裔的生育水平特别低，因为辛苦读书赚钱，耽误恋爱结婚要小孩的比比皆是。但过上一两代，生育率就开始与普通美国人趋同。

留美的历史学大学教授薛涌，曾在新浪微博上透露，自己在考虑是否让孩子学中文，他的很多关注者接受不了。薛涌认为，既然是个美国孩子，选择第二外语时，是选中文还是西班牙语、法语，对孩子将来的生活，并没有太大区别，不会因此更有利或不利。但对缺乏移民观念和多民族聚居经验的中国人来说，这种试图拥抱主流的思路很难被理解。他们很喜欢无理由地将其他国家的华裔视为“同胞”，发现自己被漠视后又认定别人在搞“背叛”。

Party，然后有游泳池的，就搞 Pool Party（泳池派对），他们叫 Beer Mile（喝酒奔跑），然后跑到吐了为止。当然还有更疯狂的，毕业的时候搞 Naked Mile（裸奔），完全是美国的生活方式。我自己的表妹也是，我认识很多美国的华裔二代都是这样。

恋爱是年轻人最基本的生活内容之一，完全跟美国人一样，包括 Dating（约会）的时候，他们清楚地分成了——说和你 Dating，就是你是我的 Boyfriend（男朋友）或者 Girlfriend（女朋友），这是咱俩在谈恋爱；性伴侣 Partner，就是性伴侣，清清楚楚。在美国特别逗，至少在西岸、在加州是这么分的。Partner 是不吃饭的，就是一定要饭后约，就是不能去吃晚饭，两个人一块去吃晚饭，就要正式 Dating，所以 Partner 就是饭后约，只要正式说我请你吃饭，那就严重了，那就正式开始 Dating，尤其是吃饭的时候点了甜食，这是一个重要标志。吃饭的时候咱俩点了甜食，并且吃完饭去看了电影，在美国人看来就是非常清楚地在说，咱俩现在开始谈恋爱了，那我可能其他 Partner 就不要了，或者说原来你就是我其中一个 Partner，因为咱俩越来越好，就发展成了恋爱关系，恋爱关系还是挺正经的。

美国人跟中国人是倒过来的，年轻时特别胡来，大家看什么《美国派》啊，美剧里清楚极了，尤其中学的时候最乱，胡来，然后到大学 Partner 这个那个的，但是毕业了，结婚了，非常老实，特别是有孩子以后，尤其到了 Mid-life Crisis（中年危机）的时候,那就更老实了。**越往后越老实，因为他们年轻的时候已经玩够了，知道那是怎么回事。**咱们老是年轻的时候说算了算了，等四五十岁突然成功了，就好像要报仇似的那种享乐。在美国，养小三、包二奶的很少，那几个娶了华人的超级大款，还有因此离婚的，就是说，要不然我就离婚娶你，但是不会想到包养你。就像西方的国王也只有一个王后一样，也不能三妻四妾，就因为信教。他们要不然就离婚娶你，要不然就不行。什么包二奶、养小三，在美国很少见到。在美国见到很多二奶跟小三，都是国内哪个富商的，**在洛杉矶专门有一个地方，住的全都是国内的各路富商的二奶、小三。**

华人从第二代开始，有强烈的美国认

Δ 在我看来，这是一种报复性的补偿心态。在中国，很多成功人士，年轻时赶上穷苦日子、饿肚子，中年富贵后便山珍海味胡吃海喝，而美国人对吃喝并不讲究，即便结婚仪式，大家也就是吃顿自助餐。与之同理，中国很多人年轻时，恋爱交友被严格管制，深深压抑自己，很多事甚至被禁止，中年后，有权有势有钱了，怎么会不放纵？不但要找个在校漂亮女大学生包养，把自己的大学青春补回来，少数人还想把自己的中学、小学青春都补回来呢。

Δ 洛杉矶东部豪宅区里有不少这样的村落。购买这些豪宅的女孩们，主要通过情人开办的跨国公司作为跳板移民来美。围绕村落的是大量向华人提供服务的商家。在加拿大的多伦多、温哥华，美国的纽约、新泽西，也有大量类似村庄。

同感，没有一个人说我是中国人，但是每个人都说我是Minority（少数民族），虽然是Model Minority，就是少数民族的榜样，为什么呢？因为华人有三个率是最低的，华人犯罪率在美国所有民族里是最低的，华人的离婚率是最低的，华人不离婚，很传统。当然犹太人也比较低，意大利人也比较低，但是华人离婚率是很低很低的。第三，华人出生率也低。

在美国的华人，一半以上是知识分子，当然也有一些特别贫困的。华人在美国特别怪，就是大学毕业的比例超过美国白人一倍，华人在美国有50%多的本科比例，但有高中学历的却远低于这个比例，所以华人两极分化，要么就全都是知识分子，在硅谷，在华尔街这些地方工作；要么就全在华人区里，在唐人街里洗衣服、做饭，高中都没上过，尤其是在最传统的唐人街里头。

我记得在纽约的唐人街里，问一个第二代华人，为什么不上大学，就在这儿卖馄饨、卖云吞。他说我们从福建来，我们家的传统就是要接班，这个饭馆得传递下去，我们不弄什么董事会，什么这个那个的管理层，我们就是交给孩子。我爸妈说你就接这个饭馆，所以我就不上大学了，就在这儿。

底层华人觉得奋斗得太艰辛，也非常忙，没工夫生那么多孩子。所以一看到美国人生孩子之多，都特佩服，美国人的婴儿车都是连着的，坐好几个，推着、背着、抱着、拉着，好家伙，他们很有爱心，能养这么多孩子。墨西哥人就更不用说了，以生一大堆孩子为乐。华人生得很少，知识分子级别的华人结婚很晚，因为他们要付出比美国白人多得多的努力，才能得到同样的职位，所以他们奋勇地拼搏，生孩子很少，主要也是结婚很晚。华人学习好是因为华人勤奋，华人的平均收入比白人高，这是努力奋斗的结果。美国人下班就走，谁也不加班，每个人都有自己的大爱好，华人却很少有自己的大爱好，只知道在那儿努力拼搏。

现在讲一代半，从美国统计上来的数据看，最成功的华人或者华裔是一代半。什么叫一代半呢？就是在中国出生，在美国受了一部分教育的人。这种人既有中国人的勤勉，没学会美国人那一套玩啊，懒啊，乱 Party，乱 Partner 什么的，又受到了美国的教育。所以他们同时有中国和美国的优点，这种人平均收入在华人里是最高的，也远远高于美国白人。

这一批人是美国华人的精英，目前看到的美国大量的华人精英，其实都是一代半，比如李安，Ang Lee，美国人能知道的华人导演，第一就是李安，得过奥斯卡奖，他就属于一代半，他是在美国读的大学。还有很多在美国读了中学的，读了大学的，但是小学在中国读，要是小学都去美国读，就不叫一代半了，基本就是第二代了。就是你受过一部分中国教育，受过一部分美国教育，这种人是在美国的华人精英，叫一代半华人。大家如果真的是为了孩子，或者是要移民，应该想怎么样才能成为一个一代半华人，华裔美国人是最容易在美国成功的。二代已经跟美国人一样了，该玩玩，该吃吃，该喝喝，二代华人你问他们五乘六等于几，他们也不知道，美国人也不知道，他们不背九九乘法表。

美国大学里，UCLA（加州大学洛杉矶分校）是洛杉矶最好的公立大学，差不多 40% 入校的都是华裔，这还不是最邪乎的，最邪乎的是 UC Irvine（加州大学欧文分校），那里一进去能吓你一跳，你以为回国了呢，几乎全是 Asian。但他们还是不如一代半进入到美国大学的时候那种超乎寻常的学习能力跟成绩。**一代半的华人，在中国中学平平的成绩，到美国上完中学就能上名校。**

因为华裔自己的奋斗，受教育程度在美国已经最高了，平均收入也在美国最高，所以华裔在美国的社会地位，虽然还没有其他一些少数民族高，但是逐渐地也在改变，至少能做到什么呢，比如美国中产阶级以上的人，当他交朋友的时候，他都一定得有一个华人朋友，当然他也一定有一个黑人朋友。

在美国，很有意思的一个现象，就是越老的人，种族歧视越强烈。我在美国认识的五六十岁的白人，几乎都没有有色人种的朋友，他们的朋友都是白人，包括很多那种受教育程度很高的也是这样。越年轻的，对种族、肤色越不在乎。年轻人什么朋友都有。受教育程度偏低的，比如工人蓝领阶层，基本就是黑人跟黑人在一起，白人跟白人在一起，但是受教育程度比较

Δ 即便在第二代移民里，成绩最好的也依然是华人和印度人，远超其他人种。这主要是因为中印移民多为高科技类的职业移民，非常重视教育。特别到硕士、博士研究生阶段，理工科类的院系中，白人就更吃亏，他们不但变成了事实上的“少数民族”，还无法像黑人那样，拥有一些针对少数民族的优惠政策。

“玻璃天花板”往往是指第一代移民而言，因为文化隔阂，他们与主流社会的商业交流存在困难，但第二代华裔的生活方式开始向美国人看齐。优势就是和大部分美国人有了共同语言，不再存在交流困境。

△ 美国影视中的华人角色，往往代表了主流社会对华人形象的定位。这些年来，在影视中，男性华裔往往以武功高手的面目出现，如李小龙、成龙、李连杰等，他们在电影里的形象就是能打。在炙手可热的《黑客帝国》中，邹兆龙扮演的先知高手保镖戏份就不少，也颇受欢迎。而娱乐类的影视剧里，华裔则往往作为保守搞笑的角色出现。华裔女性多是以温婉柔顺的形象出现。

电影是符号化的社会，每类人种在电影里都拥有比较固定的形象，中东人扮演恐怖分子，印度人是科学家，黑人则多是忠诚的士兵或军官。这些形象偶尔也会被突破，但例外的情形并不多。随着社会的变迁，以及华裔影响力的增加、形象的好转，他们在电影中的地位也会逐渐发生变化。

高的中产阶级，为了表明自己是一个知识分子中产阶级，他一定要让自己的社交圈子里，有黑人，有华人，这样的话他觉得很有面子，觉得自己是知识分子中产阶级。

美国电影里也是，美国电影里老有一个华人在那个Protagonist（主角）旁边，特忠勇，而且一定是好人，当然黑人更是好人，黑人是那个Protagonist（主角）的上级，男主人公的上级，而且是一个好上级，一看他上级是一个黑人，就一定是好人。包括大家看*Gossip Girl*（《绯闻女孩》）里边那个布莱尔，他身边也是一个黑人，一个华裔，或者亚裔。其实美国，尤其是好莱坞出品的，纽约不算啊，电影、电视剧，特别明显的是跟随美国主流社会走，美国主流社会痛恨哪个民族，哪个民族在这个电影里就是大反派，喜欢哪个民族，哪个民族就是朋友，在这部电影或电视剧里，就开始尊敬那个民族，那个民族就成为美国人的上级，这个是有意思的现象，**华人也开始融入其中。**

美国春节的时候，不管来自哪里的华人都一起参加春节的游行。

20世纪50年代，全美爆发民权运动，华人也非常团结地参加进去。

然后清华同学会也很团结。

除了这三件事之外，华人就不是非常团结了。

各个民族参政的愿望，华人差不多是最低的。骆家辉这样的在华人圈是很少见的。

赵楚 点评

第十期

抗战史上最悲壮的一幕
——淞沪会战（上）

中日宿怨已久，且时常有让中日关系紧张的事情发生，最近发生的事儿就不说了，说说淞沪会战，关于抗战的事儿。**抗战这件事情，是板上钉钉的，没有什么可争议的**，日本就是强盗、侵略者、法西斯，中国就是保家卫国，千千万万中国人民为了国家牺牲，这个事是没有任何争议的。

淞沪会战前，日本屡次赢过中国，不管是琉球的灭亡（1875 年，日本占领了琉球群岛，废除了中国年号，改为日本明治年号），还是借口朝鲜农民起义问题而发动的甲午战争，我军都大败。之后屡次欺负中国，没多久又把青岛抢走了，随后又在济南搞了一下（即 1928 年 5 月 3 日的“五三惨案”），1932 年又袭击了上海，遭到了 19 路军奋起抵抗，制造了“一·二八”事变。

日本屡次小赢中国，当然甲午战争是大赢，赢得中国两亿多两白银的赔款，差不多是日本政府好几十年的收入，那时候（明治维新时期）日本全年的收入也就几百万两银子。当然了，日本侵略中国，图强是它最根本的原因，但是中国这两亿多两白银，却滋养了日本各方面，使日本快

Δ 虽然对抗战的伟大没有人怀疑，但中国抗战的历史今天在很大程度上充满争议。除了对抗战的领导体制、军事和政治进程，即使在具体的战役指挥和作战过程等问题上，海峡两岸及全球的中国人依然充满激烈的争议。

同时，在日本和其他国家，对中国抗日战争的世界意义与军事成就同样充满争议，尤其是随着现实的中日关系的变化，新一代日本人对于战争的记忆和老一代相比呈现出极大的不同，所谓反对“自虐史观”的声音在日本是很大的，这值得中国人特别加以注意。

速超过了中国。其实甲午战争前，日本是没有中国强的，不管是GDP还是其他方面，都没有中国强。

上海是西方列强在亚洲的大本营，那么多的租界，那么多的公司利益都在那儿。日本又不想正面跟英美冲突，所以最开始并没有想在上海跟中国打一仗，只是想把华北像东北一样搞下来，慢慢蚕食中国，等等。但日本一步又一步地逼我们，1931年沈阳“九·一八”，1932年上海“一·二八”，1937年又搞卢沟桥事变，接着又搞华北。所以以蒋介石为首的政府，说你也别一步一步地把我弄死，干脆就打吧。实际上，我军想到的是，干脆就在上海跟小日本干。因为上海是国际观瞻所在，在上海打，就能吸引国际社会。当时我们有一个希望国际联盟来调解的愿望，也希望把日军的暴行暴露在全世界的镜头下，然后把我军的英勇抵抗（那时“东亚病夫”这个耻辱已经深入人心了）也一并展现，所以当时的中国政府最后决定，我们不要在华北一点点地被它打，干脆在上海跟它拼了算了，所以就决心在淞沪，在上海开打。

淞沪会战实际上是全国抗战之初规

模最大、战斗最惨烈的一次战役。**当时主要是政治上考虑得更多，其实军事上在上海打是非常不利的。**中国政府当时的军事顾问都是德国人，在德国顾问的建议下，已经在离上海相当一段距离的江苏苏锡常（即苏州、无锡、常州）一带建了两道防线，当时考虑得很清楚，但还是低估了日本的军事实力。当时日本的海军是超强的，跟英美海军并列世界最强，所以才有珍珠港事件，发动了太平洋战争，能全歼美国太平洋舰队，尤其是最新式的航空母舰。日军有6艘大型航空母舰，还有几艘小的，这个实力连英美都没有，美国没有这么多大型航空母舰，而英国压根就没有大型航空母舰，都是一些小的。

最开始我们设计的是，如果和日本开战的话，是不能在上海打的，因为在上海打，直接就在舰炮炮口下。舰炮口径比陆军的炮要大得多，当然"大和""武藏"两艘舰还在建，当时世界上最大的舰炮，已经到了16英寸（406.4毫米），就是接近半米直径那么大的炮，一颗炮弹1吨多，日本陆军最大的炮是150多毫米，舰炮

Δ 集中当时全国武力最精锐的部分在上海开战，绝不仅仅是政治上的考虑。

首先，当时中日在华北已经开战，而日本军国主义者挟武力的优势，以及在东北等地的成功经验，对外交交涉抱不屑一顾的态度；而中国国内的政治状况，从两广事变到西安事变，已经非常清晰地显示，如果再对日军的军事侵略抱忍让交涉态度，则国内统一必将陷于瓦解，那么，未来对日抗战将失去基础。

其次，从军事战略上考虑，要改变日军自北向南、自东向西攻击中国的传统战略方向，唯有在上海集中优势兵力，吸引日军主力于江南水网地带，使其未来攻击呈现沿长江仰攻态势。

总之，中国军队装备和训练水准的低下，以及作战指挥的笨拙，使这一构想在执行中未能臻于目的，但在战略上的确改变了日军的整个计划。

加上陆军大炮，日本当时的军备比我们强多了。

我军不愿意暴露在日军舰炮下，从来没想过在上海开战，因为上海直接面对着日本大批军舰。航空母舰上的飞机，不但多，而且素质非常高，因为**日本海军航空兵的素质是远超空军的，**所以原本我军根本就没想过在上海打。但是最后由于政治原因，就是为了在全世界面前争口气，才决定在上海开打。

△ 旧日本航空部队分属陆军和海军，称陆军航空队和海军航空队。20世纪70年代，日本有一部很著名的、反映太平洋战争期间海军航空兵作战题材的电影《啊，海军》，讲的就是帝国海军航空队的故事。这在当年曾被中国称为体现军国主义复活的标本，很多单位都组织观看过。

淞沪会战前7个月，爆发了西安事变，张学良、杨虎城抓了蒋介石，事变最后是张学良陪着蒋介石回了南京，然后张学良被扣留了。张学良被扣留了以后，他的几十万东北军可不干了，出现了分裂迹象，年轻的少壮派军官要跟中央军拼，要救张学良，老成持重的将领想要听张学良的旨意，就是和解，当然分裂最后还是爆发了。少壮派军官刺杀了张学良留在西安的东北军统帅，然后东北军气势汹汹要跟中央军拼，所以中央军的大部主力开进了潼关，北上西安，幸亏最后没打。当时蒋介石政府正在弄这个事儿，所以中央军的主力陆军、空军都在西安。

实际上并不是卢沟桥事变让国民政府意识到这是全国抗战，真正让国民政府认识到是全国抗战，要跟日本拼了的，是淞沪会战。中央军从西北大规模地向上海移动，西北人民经历了各种内战，全国人民实际上也是。

《宋希濂回忆录》里写到，打了那么多年内战，大家终于扬眉吐气，要到前线去抗日了。从西安出发，途经所有的火车站，人民全都送水送饭，各种歌唱，欢送我们中国光荣的军队。所以36师（宋希濂是36师师长）从西安调过来，中央军全体主力从各地，主要都是西北跟江北调过来，然后在前线跟日军打了3个月。那3个月打得非常惨烈，因为上海本来就没有被预设成战场，在日本舰炮和航空母舰的笼罩下，仗是非常难打的。结果实际情况也是这样，日本大批军舰停泊在长江上，直接炮击我军阵地，而且上海市非常狭小，我军上去六七十万人，日军上来二十多万人，百万大军就集中在上海这个非常狭小的地方。

淞沪会战是全世界最怪的一场战役。上海存在大量的西方租界，法租界、英

△ 全国抗战不是偶然的，而是卢沟桥事变后当时中央政府的决策。其实，远在1933年的长城抗战，中国中央军就已开赴华北一线，与著名的西北军余部29军一起参与与日军的作战。对此日本人也心知肚明，全中国的军队在抗日这一点上是不会有根本分歧的。

租界、美租界等，当然还有公共租界，公共租界苏州河以南的部分，是由英、美、法、意共管的，苏州河以北的是日本管的（当然也是战场），所以这个仗打得特别怪，双方百万大军只在华界打，就是租界一颗炮弹都不能落，因为双方都不想得罪英美等西方列强。苏州河以北，以及跟租界一条街之隔的华界里打成了一片废墟，整个上海闸北区100%的建筑都被摧毁了，虹口区的有70%被摧毁了，但是在租界里，大家依然看好莱坞电影，依然歌舞升平，当然了，有大批难民逃进了租界。租界里西方军队在那儿站岗，规定中日双方不管谁进到租界都要缴械，不管是被追急了还是怎么着，只要进租界，就得缴械。

△ 黄梅兴将军是淞沪会战国军牺牲的第一位高级将领。黄梅兴，字敬中，广东梅县人，1897年生，黄埔一期毕业，国军第9集团军第88师第264旅旅长。1937年8月14日下午3时许，黄梅兴将军亲临前线指挥，在连续攻破十余个日军坚固堡垒后，不幸在爱国女校附近被日军迫击炮弹击中，壮烈殉国，时年40岁。一同殉国的，还有旅部参谋主任邓洸中校及通讯排官兵30余人。

八百壮士守四行的奇观，就出现在这时。著名的88**师**（由秦汉父亲孙元良率领）下面的著名将领谢晋元，率领800多人（其实没800人，就400多人，不够一个团）在四行仓库坚守的时候，发生了既感人又滑稽的一幕。

四行仓库正好就在租界跟华界的分界处，苏州河以南就是租界，苏州河以北就是华界，四行仓库正好在苏州河以北，所以北边血雨腥风、枪林弹雨，南边的中国老百姓就站在苏州河南岸观战（苏州河很窄，不像黄浦江或者长江那么宽）。当然里面也发生了动人的事迹，大家送水送饭，更有一个叫杨慧敏的高中生跳进苏州河，高举一面崭新的国旗，游过苏州河，紧接着四行仓库顶上升起了崭新的国旗（之前四行仓库上面高高飘扬的国旗，已被打成了布条），苏州河南边的老百姓看得热泪盈眶。这个在战争史上谁都没见过，百万大军在激战的时候，能有大批老百姓在旁边观战。八百壮士的结局是跟租界达成协议，撤进了租界，当然是按照租界的规定，就是要缴械。所以谢晋元带领着八百壮士的余部退进了租界，然后被当作战俘，关在一个中学里面。谢晋元后来被汉奸刺杀了。

这场战役打得非常艰苦。你想几十万大军，集中在淞沪地区那么狭窄的地方，当时已经到了什么地步，就是一颗炮弹过来，就能消灭一个排。因为太密集，大军密集，尤其是舰炮，**虽然日本没有来战列舰，来的都是巡洋舰，但是巡洋舰也是**8

Δ“八·一三”淞沪会战中，日军方面，海军在作战序列中占有重要地位，除海军大将长谷川清指挥的第3舰队担任了主要的陆海联合火力打击任务，日本海军所属的陆战队也在四度增援中有重要作用。第3舰队下属的“出云”装甲巡洋舰、“能登吕”水上飞机母舰，以及其他炮舰都在战役中承担了火力支援任务，在对上海的炮击中杀害了很多中国和平居民。

英寸（203.2毫米）的大炮，当时我军伤亡之惨重，简直难以形容。

《冯玉祥回忆录》里提到（最开始淞沪前线的总司令是冯玉祥，虽然前线总指挥还是张治中将军），差不多一个师，拉上去4个小时就全部阵亡了。然后一个精锐的师拉上去，最多坚持一两天就阵亡了。只有国军最精锐的那几支部队（88、87、36三个德械师），还有后来拉上来的**陈诚**自己的部队（土木系，18军11师），也只能大概坚持一个礼拜。当时所有的地方派系，包括中央各个派系，都把自己看家的血本拿出来往前线送，就像绞肉机，大家一起往绞肉机里填。当然了，地方派系为什么最后能够众志成城，把自己看家的东西都拿出来，是因为蒋介石先把自己看家的血本拿出来拼光了，地方派系一看，说中央军已经上去拼成那样了，我们也不再担心中央军要怎么吞并了，那大家都拼了吧。

Δ 8月23日，日军增援部队第3、第11师团由上海派遣军司令松井石根率领，在狮子林、川沙口登陆，实行中央突破战法。担任此线防御的陈诚部开始迎敌，并投入战斗，在宝山县城、罗店、月浦等地几度逆袭，血战两周。

宋子文的财政部是最有钱的，宋子文自己有一支私人武装，其实也不能叫私人，就是他财政部下边有一个**税警总团**，全副德国装备，而且由清华大学和美国弗吉尼

Δ 税警总团本是为上海国防而设。因为“一·二八”事变后，根据中日协议，中国不能

亚军校毕业的孙立人将军统帅。税警总团这个名字虽然不好听，但实际上相当于一个师，跟36、87、88三个师差不多，甚至更精锐。宋子文作为“国舅”，也拼了，把税警总团也拉上去了，孙立人将军率领税警总团上前线，也是一上去就全报销了，孙立人自己也负伤13处。

不但中央军上前线受到重创，地方各个派系也全都上前线，把最精锐的主力投入到了淞沪战场，所以淞沪会战比其他任何战役都打得辛苦、损失得惨重。因为所有精锐基本都报销了，牺牲了数十位少将以上的将领，其中军阶最高的是67军军长吴克仁将军。67军，是东北军里最精锐的部队，是张学良下面最精锐的一支。其实东北军之前还跟中央军在西安对峙，两边还要内战。抗战一开始，东北军、中央军一起开赴前线。67军一个军，从军长、中将吴克仁将军以下，一共有5位少将以上的将军牺牲在前线。

中央军就不说了，中央军德械师的每个师都牺牲了一两个将军。桂系最精锐的主力是第7军——国民党主要的军队派系，

在上海进驻国防军，因此以税警总团名义成立准军事部队，而实际编制和配备远超一般国军，面对的是未来的中日战争需要。

在卢沟桥事变爆发后，蒋介石于庐山军官训练团就地选拔参战指挥将领，编组增援华北的部队，并宣言已到最后牺牲关头，这实际上已是全国抗战的总动员令。与此同时，国民政府下令编组攻击上海的部队，派一个团的精锐以保安团名义进驻虹桥机场，于苏州设立张治中指挥的淞沪作战指挥部。这些举措都是为了在淞沪对日军采取主动攻击战略。

是从北伐时那7个军开始的。北伐第1军是黄埔系，就是后来的中央军，第1军。第4军是广东的军队，叫粤军。第4军在北伐中间屡立奇功，所以叫铁军。我党的叶挺独立团，就是第4军下面的独立团。所以当时那个铁军，其实并不是单指叶挺独立团，而是指第4军。然后第7军，桂系的广西部队叫钢军。在北伐的时候，第4军、第7军是立功最多的，所以桂系是以第7军发展起来的，跟蒋介石打了很多年仗，蒋桂战争、中原大战等，但是一直保有着广西那支部队。这一次由于中央军在前线打，广西也大阅兵，广西的所有军队，以第7军为首，开出广西，开赴前线。**第7军在淞沪前线也牺牲了两个将军，第4军也一样。**

△ 参与淞沪会战的中国部队，除中央部队外，还有东北、广西、广东、四川等地方军系的部队，规模不大却士气高昂的中国空军也非常壮烈地投入战斗。此战惨烈为中国近现代史所罕见，会战始终，中国军队阵亡军长（中将）1人，阵亡师长、副师长4人，阵亡团长28人，阵亡营长44人。

不光是中央军、东北军的精锐，桂系的精锐，粤系的精锐，甚至包括冯系的西北军都损失惨重，只有川军赶到前线的时候，战役已经结束了，没有多少伤亡。

淞沪会战，首先是因为政治，而不是因为军事。如果是从军事方面考虑，根本就不能在上海打，一定要退到当时在德国顾问指导下建立的两条线，**吴福线和锡澄线来打**，就集中在苏锡常地区，有钢筋混凝土的工事，还有炮兵阵地等。到最后，其实已经打不下去了，尤其是日军主力的又一个军——第 10 军从杭州湾登陆，从背后包围中国军队的时候，所有将领都劝蒋介石，我们应该撤了，这个时候还能成建制地撤下来，还能退到防线内，去跟日军继续周旋。可蒋介石非常非常寄希望于英美的调停，希望国际社会谴责日本。当时正好因为《九国公约》要开会，蒋介石就一直说，我们再坚持几天，再坚持几天，这个时候我们不能败，我们一定要坚持，坚持到《九国公约》开会。

结果我们天真地高估了西方列强。在《九国公约》最后开会的时候，日本拒绝出席，日本说这不是国际问题，是中日问题，其他西方列强也没有作出什么强硬的表态，大家都不愿意掺和这个事，结果导致了灾难性的后果。其实如果淞沪会战提早一星期结束，或者提早 10 天结束，就不会导致南京那么快被占领，或者那么崩溃性的大撤退。淞沪会战打到最后，就是因为政治上坚决要求坚持，在日军又一个

Δ 吴福线是指战前中国构筑的自苏州至福山的永备型国防工事，锡澄线是指无锡至当时江阴县城澄江的永备型国防工事。这些大型国防工程是为了屏蔽首都南京安全，是战前中国政府抗战准备的主要措施，被称为“东方的马奇诺”。实际上，由于经费等条件限制，这些工事并未完善，而战时由于撤退混乱，中国军队也并未能利用这些工事进行计划中的逐步抵抗。

军，3 个师团在杭州湾登陆、包抄我军背后的情况下，还在坚持，最后导致了淞沪会战前线国军的总崩溃。实际上，淞沪会战最后不是以撤退结束，而是以国军全线崩溃结束的。

△ 当时任中国最高军事大本营军委会副总参谋长的白崇禧将军，在战后总结中称，中国军队伤亡 30 万人。

淞沪会战我军牺牲了 25 万余人，是我军伤亡最大的一次战役。日军伤亡 4 万人，也是日军有史以来伤亡最大的，在八年全面侵华战争期间伤亡较大的一次战役。其实我军伤亡的 25 万将士，大多是在总崩溃撤退的途中牺牲的，日军沿线飞机的轰炸，长江上的舰炮，追击的部队，导致了我军全线崩溃。我军到了锡澄线，就是已经预设的两条防线（已经建好了，但是没有建完），全军崩溃到找不到地图，找不到钥匙，开不了门，导致那两条防线形同虚设，有点儿像法国的马其诺防线一样。最后这条防线也没打，大军溃退，潮水一般过了那条防线，继续被日军追击，最后直接导致了南京保卫战的大崩溃。南京保卫战葬送了我军最精锐的 3 个德械师，也导致了南京大屠杀，导致了后来的一系列崩溃。

卢沟桥事变大家还认为是地方冲突，真正让全国人民认识到全国抗战是从淞沪会战开始的。

双方都不想得罪西方列强，所以仗打得特别怪，一颗炮弹也不能落到租界。

四行仓库激战时，大批百姓就在南岸租界观战，这是战争史上前所未见的怪现象。

不但中央军，各地派系都把最精锐的主力投入淞沪战场，牺牲了数十位少将以上将领。

蒋介石坚守战线是因为寄希望于国联调停，但当时的西方列强并不愿意介入中日战争。

因期盼调停贻误战机，导致淞沪会战前线总崩溃，国军最终伤亡25万余人。

赵楚 点评

第十一期

抗战史上最悲壮的一幕——淞沪会战（中）

既然中央军、桂系、粤系、东北军、川军等各方面的地方派系全部都涌向了淞沪前线，拿出了最看家的血本去跟小日本拼命，**那红军当时在干什么？**全国人民一致抗日，红军当然也不例外，主力离开陕甘宁根据地去抗日了。

在两岸非常敌对的时期，两岸关于抗战史的表述是完全不同的。**后来呢，我们率先开始写一些国军抗日的事情，现在越来越多，现在也允许拍电影，出书，等等。**当然了，国军在战略防御阶段是抗日的主力，这是第一。第二，国军应该是抗日的主力，因为他是中央政府的军队，抗日的主力，就应该由中央政府来承担，实际的情况也是国军承担了最大的正面战场的抗战。**到今天也没有详细数据说，歼灭日军的总数里，到底国军占了多少，我军占了多少，一直也没有一个详细的数字，因为双方都报得很多。**

日军缩小他们的伤亡，这样鼓舞士气，所以三边的数据都有问题。最后两岸加上日本的学者们，大概有一个共识，就是日军死亡70多万。我军统计的时候，有一个比较模糊的数据是伤亡多少多少人，但

Δ 当时在陕北的中国主力红军，尚处于整编和整顿之中，因为国共达成合作抗日的政治协议。按照两党协议，由国民政府军事委员会颁令，中国陕甘宁地区红军主力于1937年8月22日受命改编为国民革命军第八路军。8月25日，中共中央军委发布命令，由朱德任总指挥，彭德怀任副总指挥，原红军一、二、四方面军部队改编为国民革命军第八路军第115师、120师和129师，每师下辖两旅，每旅两团。

Δ 30年来大陆学术界、出版界为澄清抗战史做了许多有价值的工作，基本扭转了“极左”时期和长期以来片面宣传正面战场的历史，而对岸歪曲敌后战场抗战史的情况则改进不大。

Δ 抗战期间，中日战损比大约是1:7。毛泽东在1950年给粟裕的关于准备解放台湾的作战计划中指出，台湾有3000多日军将校，对这部分兵力的准备，要

根据抗战经验，按照1:6来计算其战斗力。

战前日本已跻身世界军事强国之列，而中国军队不仅编制不统一，武器制式不一，弹药和后勤供应尚缺少现代化的全国体系，军队除训练和装备低下之外，编成的也主要是步兵为主的陆军。

中国是在边作战、边建军、边建国的情况下组织战争的。中国军民的作战主要靠领导中枢及全国军民的坚强意志，不屈不挠，打死不求饶，就是真正意义上的血肉长城。这样的长期抗战、积小胜为大胜，到太平洋战争爆发时，中国成了美、英、苏的反法西斯盟国，这样才熬到了翻身胜利的大结局。

是90%的伤员是能回前线的，一个人可能伤了好几次，因此这个统计其实是不合理的，用“伤亡”这个词，只能在某一次战役里说伤亡，不能把这些数加起来说成总伤亡。

当时全体红军进行了改编，最开始叫八路军，后来叫18集团军。18集团军和新四军、华南人民抗日武装、东北抗日联军是我党全部的武装，朱德任总司令。红军的三股主力，被编成了三个师。115师以中央红军为主，林彪跟聂荣臻（后为罗荣桓）做师长跟政委。一方面军长征到陕北的时候，只剩下约10000人，至1935年5月，陕北当时有差不多5000名陕北红军，由刘志丹领导的，他后来牺牲了，于是这5000名红军就归了中央红军，再加上到陕北的一方面军约10000人，正好和会师时二方面军的人数差不多（贺龙、萧克带领的二方面军差不多也是20000人），后来被编成了120师，贺龙当师长。

当时红军最强大的四方面军，最开始于1935年6月跟一方面军会师的时候有80000人，齐装满员，而且战斗力超强。可由于党内一些不和谐的因素，连续地过草地，大部分主力在西渡黄河时走上了一条不归路，最终回到陕北的四方面军，正好也是20000多人，四方面军的部队就改编成了129师。但是四方面军的总指挥徐向前并未做师长，而是做了副师长，改由援西军司令员刘伯承做了129师的师长。于是陕甘宁地区的红军编入了三个方面军。

18**集团军**离开陕北，开到了山西前线。华北战场上以西北军为主力，整条津浦线（京沪铁路的中段，从天津到江苏南京的浦口一带）打得都很差，平津（当时北平、天津、张家口地区）20余天就被日本占领了。保定很快也被占领了，往南是被韩复榘不战而弃的济南。**忻口战役**是太原会战中最大、最坚决的一次战役，也是华北战场上唯一没有打败仗的战役，以中央主力14集团军（蒋系军团，卫立煌任总司令）和晋绥军（阎锡山下面的一支部队，傅作义任总指挥）为主力，同时也加入了18集团军。卫立煌和傅作义这两人很有意思，并肩作战。原来他俩一直是对手，因为中原大战也好，还是什么也好，晋绥军（阎锡山部队）和中央军打的时候，这两人就各代表一方，现在竟然并肩作战一起抗日。

Δ 中共抗战部队改编，不仅有北方的第18集团军，还有江南8省游击部队改编的新四军和华南人民抗日游击队及东北抗日联军。西安事变和平解决后，根据国共两党多轮谈判，1937年10月，国民政府同意中共留在江南8省的游击部队统一改编为国民革命军陆军新编第四军和华南人民抗日游击队。新四军由北伐名将叶挺任军长，项英任副军长，参谋长张云逸，副参谋长周子昆，政治部主任袁国平，副主任邓子恢，下辖四个支队，全军10329人，受第三战区指挥。1941年皖南事变后，国民政府取消了新四军番号，中共则在苏北和淮北重建新四军军部，由陈毅担任代理军长，刘少奇为政治委员，张云逸为副军长，赖传珠为参谋长，邓子恢为政治部主任。此后新四军完全脱离了国民政府系统的军政体制和作战指挥体系。

Δ 忻口战役起始时间为1937年10月上旬至1937年11月2日，

到了解放战争时期，两人分别担任东北“剿匪总司令”和华北“剿匪总司令”，东北“剿总”总司令卫立煌，华北“剿总”总司令傅作义，分别指挥国民党最后的重兵集团，差不多都是50多万人的样子，分头败给了我军。卫立煌因没有积极执行蒋介石的“反攻”命令，东北最后完全被我军占领了，傅作义是最后献城起义，保护了北京。我军呢，就在忻口战役的时候，奔赴到了前线，由朱德任右翼军总司令，担负了整个忻口战役一个侧翼的总指挥，但前线的主要部队还都是国军的部队，而且打得非常英勇。在忻口战役打响前，我军的主力巧入敌后，在平型关截住了日军一列运送军火的车队，然后经过奋勇战斗，歼灭日军1000人，缴获了大量军火和几千件大衣，严重挫伤了日军的士气，这是华北战场上中国军队主动寻歼日军的第一个大胜仗。

平型关战役不能叫一次战役，而只是太原会战下面的一次战斗，所以叫平型关战斗更合适。总之是一场胜仗。刘伯承指挥的129师，就是四方面军改编的，实际上立了更大的功。当时在阳明堡夜袭机场，129师炸毁了日军20多架飞机，如果按战

地点在山西北部雁门关内，此地为抗战初期北方的主要战场，是山西军事重镇、太原的北部屏障。该战役是抗日战争主要战斗之一。日军参战部队为侵华著名军阀板垣征四郎率领的第五师团和关东军察哈尔派遣兵团，中国方面是由卫立煌指挥的山西部队与中央军部队，共18万人。在此役中，红军改编的各部队也参加了侧面“破交”（破袭敌方交通线）和袭击等作战，著名的有阳明堡机场夜袭战和雁门关伏击战等。

功来讲，这次战斗给了正面战场的中央军和晋绥军以最大的帮助。

因为缴获了几千件大衣，大家都有了大衣穿。时隔半年后，林彪师长穿着日军的军大衣，在那儿跃马飞驰。打完了太原会战之后，林彪师长心情也不太好。为什么不好呢？当时我们改编成了八路军也好、18 集团军也好，等于都变成国民政府序列下面的军队，当然要向国民政府要军饷了。结果 115 师第一次去领军饷，派了 115 师参谋长周昆。这个人如果不卷钱逃跑的话，那 1955 年评军衔时他有希望评上大将，因为他完全符合评大将军衔的所有资历，他是红军时期的师级以上干部，然后八路军时期是旅级以上干部，他是 115 师参谋长，比他当时级别还低的都能评上大将，他更不在话下了。

周昆忘记了自己以后能评上大将这件事儿，他领了 60000 大洋的军饷以后，觉得长期革命有点儿辛苦，没见过这么多钱，于是就让警卫员拿一半给部队当军饷，**自己拿了 30000 块大洋回家了**。然后买房买地娶媳妇，过起了地主的生活。30000 块大洋是很多很多的。当时一个士兵差不多

Δ 可叹的是，周昆虽然卷款逃跑，倒未参与什么反共活动，就是对抗战没信心了，跑回湖南平江老家做小买卖，中共建国后组织调查，也只是给了个“革命意志不坚定”的结论。然后，“文革”来了，被红卫兵小将斗死了。

一个月一两块，两三块大洋，已经是最好的，2000块大洋可以在北京买个四合院，30000块大洋可以在北京买条街。周昆弄30000块大洋就跑了。林彪师长很生气，在夜里散心，穿着日本军大衣在马上飞驰，晋绥军的哨兵以为是日本人来了，打了一枪，结果打得还挺准，打到林彪将军背上了。这一下，林彪同志就从抗战的这个序列里消失了，后来在苏联治病，一直到抗战结束，1945年的时候才回来，然后统率了东北所有的我军，最后取得了解放战争最大的胜利。

林彪同志负伤后，就由一位历史课本里一直都没有提到的人，在我们大量的历史书里也不太提的一个人（正常情况下，如果评衔的话，他几乎能评上元帅，最起码也是大将），名叫陈光，他做了115师代师长。他在红军时期就已经代替林彪做过一军团的代军团长，比较符合新中国成立以后评元帅的这个资历，但是他最后没有评上元帅。如果评大将，他就是第一大将，他要排第一，粟裕大将就要排到第二位去，因为他的资历比粟裕大将要高得多。粟裕大将在红军时期只是十军团的参谋长，跟一军团代军团长，那完全不能比。一军团是红军第一主力军，十军团是红军最弱的一个军团，粟裕大将红军时期的资历，以及抗日战争时期的资历都不如陈光。但是所有的历史，所有革命的道路，总是大浪淘沙，不管曾经多辉煌，在这条路上都可能掉队。

总而言之，我军在最开始的阶段，很奋勇，跟全国的军队一样同仇敌忾，都怀着对祖国的热爱，以及对日本鬼子的痛恨，积极战斗着。美国的珍珠港被偷袭了，美国人民群情激愤，然后议会里也不分两党了，大家坚决要跟日本干。消息传到中国，全中国放鞭炮，热烈庆祝，重庆遍地鞭炮，解放区也是，因为大家都觉得太好了，抵抗日军这事儿终于把美国人拉进来一起干了，只要美国人参战了就必胜。

淞沪会战三四年后，日本制订了“南下”“北上”两个作战计划。“北上”吃了败仗后，就掉头“南下”，袭击了珍珠港，而没有北进跟德国一起先把苏联干掉。其实所有的战略也好，战术也好，都是第二位的，第一位的就是不管发生了什么，不管拖延多少年，法西斯都胜利不了。

即使日本当时没有南进咬住美国，而是把美国扔到一边，继续孤立主义，跟德国一起去咬住苏联，即使把莫斯科占领了，再一起去打英国和美国，法西斯也赢不了。因为历史的车轮浩浩荡荡，只是说会多两年或者三年，甚至十年，但人类一定会把邪恶的法西斯消灭掉。后来有很多纯军事迷会经常说：哎呀！你看如果日本当时北进西伯利亚，数十万西伯利亚苏军就没办法抽调到莫斯科前线去，**德军就会占领了莫斯科。**

Δ 历史上正义战争真这么容易胜利就好了。好人在浩荡的历史车轮下经常被碾得丢盔卸甲。战争的胜利是很多因素决定的，不仅仅由于正义。而且，日军在大部分战争进程中，虽然军纪败坏，但其军队的训练和战斗力都是各方承认的。正因为敌人是厉害的，所以胜利才有价值啊。

日军袭击珍珠港后，最大的一个转变就是把关东军（原来准备北进苏联的精锐部队）以及整个派遣军的主力精锐师团（尤其是编号在1到16的师团），全部抽调去南洋。在东南亚，缅甸、越南等地区的所有精锐师团，最后全部被美军歼灭了，不管是在菲律宾，还是在冲绳岛，还是在硫磺岛，还是在瓜岛。美军的歼敌成果极大地减轻了我军在正面战场上的负担。日军向中国派遣军队的数量，其实每年都在增加，质量却一直在下降。就因为他们的主力兵团不停地被抽调到南洋去对付美军，最后被美军歼灭了。但如果没有中国军队牵制100余万日军，美军在太平洋战场何时才能胜利，也是难以想象的。

淞沪会战以后，大家那种满血的状态是最厉害的，第一轮的是1937年、1938年这一轮战役，包括忻口战役、徐州会战、武汉会战，都是充满了坚定的战斗意志，跟日军拼命的。到了后期，美军来了以后，尤其是后期装备越来越好，最后大概国军有数十个师，已经全副美械装备之后，基本上还是日军来打，我就跟你干干，你不打我，咱就等着。

美国当时打日本有很多个方案，其中包括了在西南后方建大量的机场去轰炸日本，为此还请梁思成、林徽因两位先生标出日占区里面所有的古迹。美军说去轰炸日占区，比如说南京、上海等地区的时候，不要炸到中国古迹。这里还有个题外话，梁思成先生不但标出了我国日占区的古迹，还把日本京都和奈良的古迹都标出来了，恳请美军在轰炸日本的时候，保护人类遗产。因为那些精美的建筑，都是人类智慧的精华，最后美军在将日本全国夷为平地的情况下（日本都是木头房子，美国就投燃烧弹，燃烧弹投多的时候，会形成风暴火焰，就是只要投一轮燃烧弹，地毯式轰炸，全城就夷为平地），京都和奈良的古建筑都被保存了下来。

中日两军的战斗力到底怎样呢？日军的战斗力并不均衡，番号16以前的那些师团（当然也包括23）都是精锐师团，番号16以后的那些师团在战斗力上自然是不能与之相比的。国军也是一样的。国军的中央军主力，比如说全副德械的36、87、88三个师，以及最精锐的18军、74军、第5军这些战斗力，自然是实力超强。

红军的战斗力其实也很强，如果按照全国统一排名，红军的战斗力，在改编成八路军（18集团军）以后，那3个红军师的战斗力，实际上能够比肩最精锐的中央军主力，所以没办法计算到底日军一个师团的战斗力能跟国军多少人打。大致判断一下，就是日军一个主力师团，比如忻口战役时期的板垣征四郎的第5师团（番号16以内的主力师团），实际上能够和中央军主力的两个集团军打成平手。因为忻口战役实际上就是日军第5师团加上关东军的3个旅团，对的是我军的十余个军。我军本来企图围歼这个第5师团和关东军的

3个旅团，但我军以11个军的力量，而且这11个军还包括了18集团军的3个主力师，中央军主力第14集团军，晋绥军最能打的傅作义第7集团军，都包括在内，未能围歼日军的第5师团加上关东军3个旅团（后期又加入了相当于旅团级的一个支队）。这个战斗力对比，就是在淞沪前线也比较明显。淞沪前线国军70多个师和9个日军师团对打，最后国军被打崩溃。忻口战役打成平手，平手的战斗是可以计算的。忻口是打成平手，并没有败，只是因为娘子关被突破了，背后被包抄了，最后忻口战役的中国军队撤退了。所以忻口战役十余个军和日本1个主力师团、3个旅团能够打成平手。

后期远征军的战斗力，基本上是超过日军的。远征军差不多一个加强营，就可以跟日军一个联队（日军一个联队相当于团，大队相当于营，中队相当于连）比拼。因为远征军全部美械装备，而且在印度受训，全部是由高中以上学历的，换句话说，由中华民族的青年精英组成，这样一支军队是完全能战胜日军的。而其他在国内装备成美械的，像18军、74军，尤其74军是全美械，这些中央军主力，在后期，比如说雪峰山战役（即湘西会战）最后一战的时候，是完全能够一个军和日本差不多一个师团展开对战的。

刚开战的时候，中国军队，不管是哪支军队都身经百战。中国多年打内战，国军每支部队都经历过多次血腥的战斗，从北伐到蒋桂战争、中原大战，等等，日军反而都是没打过仗的。日军追溯到最近的一次战争，也就大概在 1921 年、1922 年的时候，日军干涉苏联。那时候所有资本主义国家都出兵干涉苏联，那边英美、波兰等从西边，然后美军和日军都在西伯利亚登陆过，当然最后都被英勇的苏联红军给弄回来了。所以日军追溯到那个时候，也就打过那么几场仗，而且已经是十六七年前的事情了。

日军在张鼓峰、诺门坎，尤其在诺门坎被苏军痛击，日军的主力师团被歼灭。日军上到前线的那十几个师团，实力好过国军，但跟苏军、德军、美军都是不能比的。日军也不愿意研发冲锋枪什么的，觉得浪费子弹，武士道精神一定要坚定发扬，所以日军在未经战斗洗礼的情况下，在初期击败了身经百战的国军。无论是国军也好，还是各个派系也好，说明内战并不能锻炼部队，虽然历经百战，但内战并不能把一支军队锤炼成钢铁之师，内战也不能把一支军队锤炼成一支无敌的军队。反而是最后在八年全国抗战中锻炼出来的中国军队，是完全能跟日军一对一对战的。

在两岸非常敌对时期，两边课本一样，
只有一个不同，就是国军和红军调了一个儿。

国军在战略防御阶段是抗日主力，承担了最大的正面战场。

我军主力巧入敌后，在平型关截住日军车队，经过奋勇战斗，
歼灭日军运输队，严重挫伤了日军士气。

珍珠港事件后，日军抽调精锐主力去南洋，最后全被美军歼灭，极大减轻了中国战区的负担。

美军轰炸日本，但是将京都和奈良保护下来，是梁思成先生的功劳。

赵楚 点评

第十二期 抗战史上最悲壮的一幕——淞沪会战（下）

淞沪**会战**是全国抗战开始以来最大的一次战役，也是双方牺牲最惨重的一次战役。虽然八年全国抗战的最后一次战役——雪峰山战役，或者叫湘西会战，规模也很大，但那个时候日本已经穷途末路，基本士气全无，面临投降的境地，而国军那时候已经全副美械，怀着对胜利的期待，那次战役实际上是给最后胜利献礼。

Δ 会战是抗战时期形容大型战役作战的军语。从淞沪会战到湘西会战，要说中日两军最大的变化，就是淞沪会战时，日军基本是机械化、摩托化陆海空协同作战，中国军队只是装备少量炮兵的步兵。而到了湘西会战，也就是雪峰山战役，两军刚好掉了个个儿，中国军队有中美联合空中联队的制空权和对地火力支援，并有装甲分队伴随，而日军基本只剩下步兵，轮到日军躲天上的炸弹了。

从各方面来说，雪峰山战役规模都很大，但是真正打起来，打得最狠的，双方拼了命的，是淞沪会战。从规模上看，淞沪会战双方全加起来有将近100万人，我军70多个师，几乎所有的国军精锐全部上阵，然后日军也是，日军9个师团。日军一个师团人数跟我军的一个军差不多，比我军中央军的人数稍微少一点，但是比我军大部分地方部队要多，战斗力上两方差不多，至少相当于中国一个集团军的战斗力。

日本当时只有17个常备师团，有9个来到淞沪战场，加上华北战场还有大概五六个师团，东北还有防备苏联的，日本国内就剩2个师团。打到最狠的时候，日本只剩1个师团在国内，其他的全部都上了前线，而且日军的常备师团战斗力是最强的，日军后来发展成很多师团以后，实际上稀释了原有常备师团中的很多精锐骨干。从番号上就能看出来，比如5师团中稀释出来的105师团，16师团稀释出来的116师团，所以**日本最开始参战的那些都是日军常备军的最精锐部队。**

当时中国军队蒋系的中央军，从装备到训练，到各方面的战斗力、士气都远远超过其他的地方部队。当然我们没有完成准备，因为本来抗战的是从德国进口以及德国训练的36个师——中央军的师，然后让这个中央军和日本打。但是日本提前在1937年开始动手了，那时我们只完成了3个师，就叫德械师吧，3个德械师——36、87、88三个师，其中88师师长是著名的大帅哥秦汉的父亲，叫**孙元良**，这3个师在当时是最精锐的。还有三个半德械师没弄完，剩下的师都还没开始整理，这个时候已经等不及了，时不我待。**率先由中央军最精锐的3个德械师上阵，开赴上海。**

上海当时并没有大批的日军，因为大批的日军5个师团都在华北，上海只有几千个海军陆战队，所以当时的想法是先把

Δ 说白了，就是中国已经在全国范围内进行了总动员，征集全部武装力量精华投入战役，而日军只是运用常备陆海军力量进行对战，可见两国那时总体军事实力的差距，这靠高喊口号是无法改变的。

Δ 孙元良是四川人，其叔父是川军名宿孙震。最有趣的是，他曾考入北京大学预科，他去投考黄埔军校，是由第一次国共合作时期国民党北方的负责人李大钊推荐的。说到他的子女，人们熟知的电影明星秦汉是其次子，原名孙祥钟。他还有个长子孙祥辉，为台湾空军飞行员，1967年驾驶当时最先进的美国进口战机F-104失事亡故；其女孙祥娟是台湾最大少女品牌服饰比其集团总经理；孙子孙国豪是偶像剧演员。

Δ 国军的整军建军本应在1929年起，但是由于内乱频仍，一直拖到1933年南昌的整建陆军会议才开始。由于在南方仍有大规模的

最精锐的中央军拉上去，把海军陆战队消灭，等于在上海没有日军据点的情况下，让日军来登陆，来增援，在上海跟日军大打一场。淞沪会战刚开始时，其实不光是19路军在前线打，中央军也派了当时叫第5军，就是由张治中率领的几个精锐的师去支援了，也打了。张治中将军是蒋系中央军的八大金刚之一，应该算八大金刚中排在最前面的，也曾经做过蒋介石的侍从室主任，是蒋介石最亲信的将领。这一次又是张治中率领3个德械师先冲到上海。张治中是抗战名将，也是新中国成立以后留在国内的国军最高将领，张治中因为是国共谈判代表团国民党方面的代表团团长，最后留在了国内。其他的，比如傅作义、李宗仁，都不是中央军的，他们都是地方派系的，所以他们留下来或者回来是正常的。

原来被蒋介石打败的西北军，就是大家知道的29军宋哲元部队，有史以来国军最大的一个军，被张学良改编后，张学良只给了3个师的番号，就是一个军其实是养了10万西北军。因此，卢沟桥事变之后，很快29军就改编成了3个军，张自忠将军

作战行动，这次整建陆军会议又无疾而终，一直到了对江西作战的胜利结束，西南军阀在“六·一”事变后俯首帖耳，才有了1936年的正式整军建军计划。

在1936年之前，虽有教导师若干设立及几份编制表的发布，但是教导师旋即改为野战师，编制表发布如同具文。直到1936年，国军正式整军建军才终于拉开序幕。

陆军整军建军的终极目的是60个德械国防师，计划于1938年完成。这60个师又分为30个调整师和30个整理师。1936年先调整20个师，1937年再调整10个师，整理师从1937年开始建立。

中国的这一整军计划也是日本军阀决心尽早开战的原因，因为日本不能坐视中国完成初步的国防现代化力量和体系建设。

的59军、刘汝明的68军和冯治安的77军，都是西北军。然后再往南一点也是西北军，孙连仲率领的，还有西北军原来的石友三部，山东的西北军韩复榘部。西北军自从中原大战失败以后，从一支能征善战的部队，慢慢变成了一支非常保守，非常胆小，非常谨小慎微、保留自己实力的部队，因为它不是嫡系了嘛，所以后来战斗力各方面都不够。而华北的抗战，就在西北军不停的纠结中溃不成军。

西北军当时的思想是，防日本跟防中央军差不多，日本都打进来了，西北军自己还发下各种命令说，坚决不让中央军染指，坚决不让中央军北上，等等。因为西北军或者这些地方军，最怕的就是被中央军利用，比如曾经被利用来追红军，这次又被利用来打日本，最后大家心里都各怀着那种保住自己小地盘的鬼胎。当然了，西北军也打了，也确实有为国牺牲的张自忠、赵登禹、佟麟阁将军，但总的来说，华北溃不成军。当时最恨日本的东北军，由于“九·一八”事变，蒋介石和张学良之间反复博弈，最后张学良带领全部东北军离开了华北，到了西安，才有了西安事变，所以东北军主力都在西北，西北军反而在华北。

当时的形势非常复杂，最后进到山西的一部分中央军，算是在山西战场打了几场很好的战役吧，如忻口战役等，我军的平型关战斗，也是太原会战里的一次战斗。那是有中央军在前线，卫立煌的中央军，然后还有傅作义的晋绥军，在山西打得比较坚决的战役。而淞沪会战就打得惨了。当时蒋介石下了决心，我们在上海打，给全世界看。蒋介石有这个决定，还是来自于英美能够遏制住日本这个信心，但是在军事上，导致了严重的问题，就是士气问题。因为淞沪会战集结了中央军全部的精锐主力，以及桂系的以第7军为首的主力，粤军的以第4军为首的主力，还有东北军的精锐主力，全部都拉上了前线。**日本的华北师团后来也部分到了淞沪前线，中日双方在淞沪前线就不停地增兵，**日本从日本国内，从中国华北、东北前线增兵，导致整个格局发生变化。国军精锐上阵被打残，然后被打到全军总崩溃，日军9个师团横扫中国70多个师。这个对国军后来抗战的士气是有巨大影响的，实际上在

Δ 当时中国军队的机动水平就这样，远程要靠有限的铁路运力，有的甚至要步行穿越广大的国土。而针对开战时日军驻沪部队，初期动员的力量已经是杀鸡牛刀，可惜还是低估了日军的战斗力，没有达成战役企图。战争是难以预估的，苛责前人没什么意义。

淞沪会战开始的时候，人人都是热血爱国的，军人们真的都是写血书上前线的。但是打了3个月，目睹了那么惨烈的伤亡之后，在当时江浙一带，大批的散兵游勇做了很多烧杀奸淫的事情，因为大家都觉得，我是怀着爱国心来的，但是最后被打成这样，而且我们整个中国的后勤系统又不好，伤兵得不到治疗，散兵游勇在总溃退时也没有收拢，导致了爱国精神、军队士气都受到了严重创伤。再加上华北，由于那些西北军，当年的十三太保们，在抗战前线表现好的很少，韩复榘也不战而退，石友三恨不得要当汉奸，宋哲元也不见冯玉祥，除了少数几个人——张自忠还能打——其他的都不主动，导致了严重的军心涣散。

Δ 对华军事政策本是陆军、关东军和部分军部少壮派参谋们在牵着整个国家走。自1905年日俄战争以来，军部觉得自己是国家第一大功臣，政客、外交家，甚至海军都是失败主义者，所以胆子越来越大。日本帝国主义蓄谋已久的发动侵华战争，不仅给中国人民造成惨痛的损失，最后也导致自己国家的大失败。这是战略史上的反面教材。

日本吞并中国的决心蓄谋已久，先是在东北、华北弄一弄，然后扩大至全中国。即便在日本内部，陆海军始终存在严重的分歧，但最终都想要吞并中国。陆军曾想要跟苏联干，海军想跟英美干，这个在日本军队里面是严重的分歧。在当时的法西斯日本，军队已经拥有非常大的权力。他们能做到什么？当时的首相叫近卫，**近卫内阁**在中国开始抗战的时候，要派人去跟中国讲和。日本其实也没有准备好打仗，首相知道自己有多少钱，当时淞沪开战以后，日本只好在全国发行战争国债，因为日本政府也没有准备好，也没有那么多军队，只有17个师团，也没有进行战时动员、增兵扩充什么的。最后近卫派人去中国大使馆，想跟中国讲和，还要派人秘密化装，穿着便衣偷偷去大使馆，路上就被陆军的宪兵抓了。日本当时已经法西斯化了，陆军的宪兵能够抓首相派的特使，然后说你去干吗，你去跟中国讲和，那绝对不行，必须打，我们就得打。

陆军当时是想北进苏联，海军想南进英美，因为海军要更多的资源。陆军当时被苏联狠打过两次，一次张鼓峰，一次诺门坎。尤其诺门坎战役的时候，日本陆军号称皇军这个那个，苏联红军的优秀将领朱可夫，当时还不是元帅，是将军，朱可夫将军指挥苏蒙军，把日本精锐师团，包括坦克师团打得全军覆没，而且抓住的俘虏放回到日本，到日本的大本营去陈述说，我们号称皇军，以为自己很牛，结果在苏联红军面前什么都不是，苏联红军的炮火之猛烈、坦克之强大，远胜日本。日军实际上是比我们的国军装备更好、训练更好，但日军的装备如果跟德军、苏军比起来，简直什么都不是，苏军坦克恨不能直接从日军坦克上轧过去。日军最精锐的师团上去，也只能像我军对着日军一样，就是身上绑着炸药包往坦克上扑，也只能是这样。

苏联的空军、装甲兵、炮兵都远远超过日军，所以日本陆军一直面临着苏联的强大压力，一直保持着一支强大的关东军。关东军就是为了对付苏联的。日本陆军在诺门坎战役被朱可夫指挥的苏联红军痛击之后，做了一个计划，就是战时最多扩充到能打的师团有多少。当时是想到战时能够扩充到30个师团的，日军计算自己的战斗力，和远东苏军对比的话，日军做的计划是23个师团用于进攻苏联。日军当时计划用于中国战场的所有兵力，而且是扩充之后的，不是常备师团那么精锐的，是7个师团。

日军始终都没有想过7个师团能够横扫中国，直到我军在淞沪跟日军开战。由于淞沪会战，关东军大部力量被调到淞沪前线，直接改变了日本后来的整个战略，后来海军占了很大的上风。既然跟中国全面开战了，美国当然还是同情中国，很多时候支持中国。**全面开战以后，美国开始制裁日本，日本最后只能破釜沉舟，跟美国开战。**

如果按照最早的预想，先不管美国，第二次世界大战就是三个疯子——德意日——挑战全世界大哥，你不能说一个疯子咬住这个大哥，另一个疯子去咬另一个大哥，那俩大哥一块儿捶你，你就完了。所以最开始想的是，俩疯狗一起先咬一个大哥，日军从东边进攻苏联，然后德军从西边进攻苏联。德军的战斗力，再加上日军的关东军，实际上苏联是很危险的。

苏联有个非常优秀的间谍，叫佐尔格。这个佐尔格最后确定日本把北进计划改成了南进，这个情报极为重要。兵临莫斯科城下的德军，因此突然遇到了大批戴着皮帽子，鞑靼人、蒙古人模样的军队。这些军队源源不断地开上前线，德军都傻了，说我们算好了，苏军这几百个师，都已经消灭得差不多了——德苏战争开始的时候，德军几次大围歼战，基辅、明斯克、斯摩棱斯克围歼战，已经把苏军西线的主力都消灭得差不多了，结果一到莫斯科前

Δ 决定日本最后向美英开战的根本原因，不是因为陆军在诺门坎的失败，而是日本对太平洋上美国海军舰队的恐惧，以及对东南亚战略物资的需要。日本军阀虽狂妄，但他们对战争的基本思维是理智的：日本资源有限，面向开放的海洋，只有消灭美国太平洋舰队，才能赢得优势筹码，而同时攫取东南亚的石油、橡胶和粮食等战略物资，这是日本支撑下去的资本。

线，突然看到大批从远东前线调来的苏军。就是因为佐尔格一封电报，**苏联确信日本已经决定南进，而不跟德国东西对进打苏联，**所以从东部西伯利亚，把准备对付日本关东军的苏军调往莫斯科前线，调往西线，才保住了莫斯科，才有了后来的苏军反攻，当然这不能简单说是一个蝴蝶效应。

Δ 既然决定南进，当然要跟苏联签订中立协定，这是必需的一蛇两吃利益。

整个第二次世界大战格局的转变，就是因为我们决心跟日本全面开战，而不再被它一步一步蚕食，淞沪会战吸引了日军的大部分主力。日军的主力都南下，关东军从关外关内，从华北战场，从日本国内朝淞沪涌进，最终打消了日本进攻苏联的计划，转而全力进攻中国。还有一个是斯大林帮了大忙，或者说对中国起到了负面的作用。当然斯大林对中国抗战还是很好的，**中国抗战开始的时候，英美对双方都禁运，武器也买不到，我们当时能补充的都是从苏联来的。**最开始的阶段，主要是苏联支持中国抗战，太平洋战争之后，美国的物资来了,那已经是4年以后的事情了。

Δ 在1941年太平洋战争爆发前，对中国抗战最直接和最大规模的援助者只有苏联。苏联不仅提供了各种物资，还向中国直接派驻志愿飞行员，驾驶苏制战机和轰炸机参加中国抗战。他们参加了武汉和重庆等空中战斗，在武汉现在还有苏联志愿援华飞行员的纪念碑。而本来中立的德国选择日本一边后，苏军也向各级中国部队派驻了顾问，驻华总顾问就是后来在斯大林格勒大出风头的崔可夫将军。

最开始的时候，我军空军都还是双翼机，就是俩翅膀的那种，第一次世界大战时的老飞机，Hawk 3 之类的。高志航第一次击落日机，就是用的这个俩翅膀的Hawk 3。高志航第一次击落日机，是在淞沪会战的第二天，8月14日。当时在西安的空军准备从西安飞过来的时候，都快没油了，飞到航站直接落地就起飞，最后我军两架飞机由于没油自己坠落了。但是高志航大队长，还是非常英勇地驾着飞机，辗转从西安飞过来，怀着对日寇的满腔怒火，击落了两架日本轰炸机。8月14日后来就被定为“中华民国空军节”，到今天，台湾每年还在8月14日这一天庆祝这个胜利。当时我军的第一批飞机被打掉了以后，后续的补充飞机，大量的都是从苏联来的，不过飞机的质量不够好，油也不够好。到了后来才有飞虎队，就是英美民间来的支持，主要是美国的支持！

斯大林当然也资助了一些物资，但是他做了一件事儿，间接导致日军不怕苏联了。就是1937年的时候，斯大林开始了大肃反。苏军的肃反导致了苏军的绝大部分将领被杀，5个元帅里，除了2个老的已经打不了仗，其余3个被枪毙了。包括苏军光荣的优秀的统帅图哈切夫斯基元帅，也被处决了。40多个军长，只留了1个，其他都被处决了。师旅级干部，大部分也被处决了。日本因此就不怕苏军了。

苏军这个大肃反，把自己的将领杀得精光，导致苏军受到重创，也导致了关东军能够腾出更多军队用于中国战场，当然也导致了后来德军进攻苏联的时候，苏军大溃败。

我认为淞沪会战政治上是正确的，振奋了民心。全世界看到中国人原来还能干，能拼，有血性，能打仗。中国人从鸦片战争开始，一直给人的印象就是西方只要来两千人，就能打到北京，来两万人就能把慈禧太后赶到西安去，随便来点人就能把圆明园烧了。日本自己都没想到，甲午战争能全歼中国北洋舰队，当时的亚洲第一舰队。日本自己做梦都没有想到，一年只有几百万两银子的一个穷国，能够得到一个当时世界最富国家之一的两亿多两白银赔偿。淞沪会战让全世界看到，我们有军人，我们有军队，我们有决心去战斗。

说一件与我有关的小事情。我的外公外婆出国留学的那一天，是 1937 年的 8 月 17 日。我外公是靠庚款留学的公费生，当然庚款公费生已经是比较屈辱的了。当年当作庚子赔款赔给八国联军的，英美放弃了很多，或者叫归还了很多，设立了留学基金。我外公考的就是 1937 年的庚款留学，前中国科学院院长——卢嘉锡院长，也是那一年的庚款留学生。

我外公那拨庚款留学生是从上海出发，坐船去欧洲的，他们都是留英的。我外婆是自费留学，也是那条船，那条船 8 月 17 日从上海出发的时候，上海已经炮火连天，因为 8 月 13 日淞沪会战已经爆发了。但是租界没有打，所以船从租界出发的时候还能走。我外公给我讲这件事时，含着热泪说，你知道我们那一代人为什么更加爱这个国家，我们离开中国的时候，回头看着炮火连天的上海，留学生们都趴在船尾哭，很多人都跪在船尾，而且每个人都在对自己发誓说，我们学成一定回来建设这个国家。**这个古老的国家实在是太辛酸了。**

Δ 抗战故事应该一直讲下去，应该告诉人们教科书之外的抗战历史，否则怎么对得起那些穿草鞋，吃粗粮，用血肉之躯去抵御敌人炮火的前辈！

“二战”最开始，轴心国的计划是德日东西对进，先灭亡苏联。

苏联获得情报，确信日本决定南进，而不跟德国东西对进打苏联，所以将大批苏军从远东调往莫斯科解围，才导致后来的苏军反攻。

淞沪会战吸引了日军全部主力，最终对日本打消进攻苏联的念头，转而全力进攻中国跟英美起了重要作用。

图书在版编目（CIP）数据

晓说．3 / 高晓松著．—北京 ：北京联合出版公司，2013.11

ISBN 978-7-5502-2320-2

Ⅰ．①晓… Ⅱ．①高… Ⅲ．①随笔－作品集－中国－当代 Ⅳ．①I267.1

中国版本图书馆 CIP 数据核字（2013）第 275896 号

晓 说.3

作　　者：高晓松

选题策划：铁葫芦图书

责任编辑：刘　凯

特约监制：阚牧野　陈　亮

特约编辑：叶　青

封面设计：刘　凛

北京联合出版公司出版

（北京市西城区德外大街 83 号楼 9 层　100088）

北京博艺印刷包装有限公司印刷　新华书店经销

字数 100 千字　880 毫米 ×1230 毫米　1/32　7.25 印张

2014 年 3 月第 1 版　2014 年 3 月第 1 次印刷

ISBN 978-7-5502-2320-2

定价：32.80 元

铁葫芦

| 阅读开始了

《乱时候，穷时候》 姜淑梅 著

姜淑梅1937年生于山东省巨野县，1997年开始认字，2012年开始写作，部分文字刊于《读库1302》《读库1304》《读库1306》等。作者讲述了近百年来亲身与闻的民国、抗战及新中国成立后的“乱穷时代”往事，被读者誉为：每个字都“钉”在纸上，每个字都“戳”到心里。著名作家王小妮称作者是中国“最后的讲故事的人”。

《失落的优雅》 阮义忠 著

20世纪七八十年代，摄影家阮义忠在台湾省各处行脚，拍下了无数百姓日常生活的动人瞬间。《失落的优雅》收录了其中81幅照片，首次讲述每一帧照片背后的故事，真实呈现了从乡村社会向工商社会转变时，一个变动中的台湾。影像深刻，文字雅洁，无论风景、民俗、人情，都是我们久已失落的朴素与优雅。

《出梁庄记》 梁鸿 著

历时2年，走访10余个省市、340余人，以近200万字的图文资料，整理撰写的非虚构作品。他们是中国特色农民，长期远离土地，长期寄居城市，他们对故乡已经陌生，对城市未曾熟悉。他们是中国近2.5亿农民工大军的镜子。梁庄与梁庄人的迁徙与命运，中国的细节与经验。看梁庄人走出去的路，看中国农民走出去的过程，看见“看不见”的中国。

《工厂女孩》 丁燕 著

在东莞，数百万从乡村奔赴城市的年轻女孩，固定在工厂流水线旁，日夜重复着机械的劳动。2011年，作者丁燕化装为女工，亲身经历了最真实、最深刻的工厂生活，详细记录了一个个工厂女孩青春、爱情与梦想的萌生与破灭，也是对裹挟了无数人命运的现代工业化模式的追问。

《上课记2》 王小妮 著

2012年末，王小妮离开讲台。这本书是她2011和2012两年的“教后感”结集，也是《上课记》唯一的续集。《上课记2》比《上课记》更为成熟，她对教师身份和学生生活的观察和思考更为冷静和内敛，惊讶渐少而悲悯之情愈多。

官方微博 http://weibo.com/tiehulu **豆瓣小站** http://site.douban.com/tiehulu
地　址 北京市朝阳区外馆东街23号院，100011